그리고 안락사를 부탁합니다

- 후련하게 깨끗이 떠나는 10가지 '종활' 이야기

하시다 스가코 지음 / 권경하 옮김

늘봄

이 도서의 국립중앙도서관 출판예정도서목록(CIP)은 서지정보유통지원시스템 홈페이지
(http://seoji.nl.go.kr)와 국가자료공동목록시스템(http://www.nl.go.kr/kolisnet)에서
이용하실 수 있습니다. (CIP제어번호: CIP2018015943)

그리고 안락사를 부탁합니다

후련하게 깨끗이 떠나는 10가지 '종활' 이야기

지은이 / 하시다 스가코
옮긴이 / 권경하
펴낸이 / 조유현
편　집 / 이부섭
디자인 / 박민희
펴낸곳 / 늘봄

등록번호 / 제300-1996-106호 1996년 8월 8일
주소 / 서울시 종로구 동숭4길 9 (동숭동 19-2)
전화 / 02)743-7784　　팩스 / 02)743-7078

초판발행 / 2018년 6월 20일

ISBN 978-89-6555-070-9 03830

WATARU ROGONI ONIWA NASHI - SUKKIRI TABIDATSU 10 NO KOKOROE

후련하게 깨끗이 떠나는 10가지 '종활' 이야기

그리고 안락사를 부탁합니다

하시다 스가코 지음

권경하 옮김

늘봄

프롤로그

2015년 12월부터 해를 넘겨 석 달 동안 저는 대형 크루즈여객선 '아스카 Ⅱ'를 타고 세계일주 여행을 즐겼습니다.

세상에서는 「와타오니」라는 애칭으로 불리고 있는 「와타루세켄와오니바카리」(渡る世間は鬼ばかり)*가 시작된 지 벌써 25년. 2011년

---

* 1990년 시작해서 2015년까지 25년 간 이어진 저자 집필의 TBS 장수 드라마 제목. '세상 사는데 도깨비가 우글우글'이라는 말. 일본에 '渡る世間に鬼はなし'라는 속담이 있다. '세상 사는데 도깨비는 없다'는 말인데 세상살이 그렇게 비관적이고 허탈한 일은 없고, 세상 사람들 중 도깨비만 있는 게 아니고 좋은 사람도 많다는 얘기. 저자는 여기서 도깨비가 '없다'를 '많다'로 바꾸어, 여러 인간군상의 욕망이 충돌하는 홈드라마를 만든 것이었다. 이 책의 원제인 『渡る老後に鬼はなし』 역시 속담과 드라마 제목을 재치있게 패러디 한 것으로, '노후를 사는데 도깨비는 없다'는 말. 이 책에서 계속 의미있게 언급되는 이 드라마 제목은 줄임말 애칭인 「와타오니」를 사용한다.

이 연속극 시리즈는 마침내 최종적으로 막을 내렸습니다. 그때까지는 1년간 계속되던 이 드라마 한 시즌 작업이 끝날 때마다 좀 사치스럽게 대형 크루즈를 타고 여행을 다녔습니다. 그런 후 다시 다음 시즌의 「와타오니」에 착수하는 그런 생활을 해왔습니다. 그래서 지금도 습관처럼 크루즈 여행을 계속하고 있습니다.

처음 드라마에 아역으로 출연했던 아이들 대부분이 어느덧 25년이 지나는 동안 이제 성인이 되었습니다. 「와타오니」는 배우들과 함께 해를 거듭한 드라마였습니다.

아이들의 성장이 반갑지만, 슬픈 이별도 있었습니다. 오카쿠라가(家)의 아버지인, 다이키치 역을 맡았던 후지오카 타쿠야 씨가 돌아가신 것이 벌써 10년 전. 2대째 다이키치 역을 맡은 우츠이 켄 씨도 재작년에 돌아가셨습니다. 어머니 역의 야마오카 히사노 씨도, 다이키치의 누나 역인 모리 미츠코 씨도 이미 안 계십니다. 정말 외로울 뿐입니다.

그런 나도 아흔 살을 넘어 91세. 평소의 운동이 결실을 맺었는지 고맙게도 아직 내 두 다리로 걸을 수 있을 정도로 건강합니다. 주위에서는 '잘 지내시네요.'라고들 하지만, 제대로 '할머니'임에 틀림없어요.

2014년에 들어서 일의 의뢰가 딱 끊긴 것도 어쩌면 인연일까요. 이제야 한가한 시간이 찾아와서 천하태평인 제가 드디어 무거운 허리를 펴고 시작한 것이 '종활(終活)'*입니다.

지금까지 쓴 작품의 원고들을 정리하고 집에 있는 옷과 가방을 처분하니 수십 년간 쌓이고 쌓인 것들이 말끔해졌습니다. 아직 남아 있는 것들의 처분에 대해서는 앞에 놓여있는 『종활 노트』**에 적어 둘 생각입니다.

물건의 정리는 생각의 정리와 연결되는 것 같아서 종활을 시작하자 전부터 생각했던 것이 보다 명확해졌습니다. 그것은 가능하다면 인생의 최후는 '아무것도 남김없이 죽고 싶다.'라는 것입니다. 아무것도 남김없이 죽는 것, 그것이 인생을 마치는 저의 이상적인 방법입니다.

생각해보면 이미 지금도 여러 가지가 '없는' 상태입니다. 부모님은 제가 20대와 30대 때 연이어 돌아가셨으니 부모가 없습니다. 27년 전에 남편을 잃어 남편도 없고, 우리는 자식도 없고, 친척도 없고, 게다가 매일 긴 전화를 하거나 오후 세 시에 함께 차를 마실 친구도 없습니다. 말하자면 천애고독. 무엇이든 내 의지대로 할 수 있는 상태인 거죠.

만약 지금도 남편이 살아 있었다면 어땠을까요? 남편을 혼자 세

---

* 인생을 마무리하고 죽음을 준비하는 활동.

** 본인이 사망하거나 질병으로 판단력과 의사소통 능력을 상실 했을 때를 대비해 자산 내역, 존엄사 여부, 연명치료 여부, 장례 방법, 유품정리, 가족 친구에게 남기는 메시지 등을 적어두는 노트.

상에 남기고 떠나게 될지도 모른다고 생각하면 마음이 마음 같지 않을 거예요.

그럼 자식이 있었으면…? 아마 저도 그랬을 것 같아요. 이래저래 내 아이의 장래를 불안하게 생각하고, 지켜보는 것만으로는 점점 마음이 편치 않아 입과 손도 내주었을 것이고, 어쩌면 수고했던 만큼 나를 돌보아달라고 욕심이 잠깐 얼굴을 드러냈을지도 모릅니다.

그러나 천애고독의 몸이기 때문에 누군가를 걱정하지도 않아도 되고, 누군가에게 괜한 기대를 걸 것도 없지요. 사람은 뭔가 '있다' 라고 생각하면 더욱 욕심이 생기는 법이니까요.

그렇지만 '없다'라는 상태는 생각보다 후련해서 좋습니다. '없기' 때문에 마음 편하게, 시원하게 마지막을 맞이할 수 있다고, 지금 나는 그렇게 생각하고 있습니다.

그러나 어떨까요. 세상에는 정반대로 생각하시는 분도 적지 않을 겁니다. 자식이 있으니까 노후가 편안할 것이고, 친척들과 친하게 지내니 급할 때 도움을 줄 거라는 식으로 '있다'는 것이야말로 자신의 안전을 보장해준다, 라고 생각할 수도 있습니다. 물론 그래서 본인이 행복하다면 아무 문제없겠지요.

내가 '없다'는 것에 만족하는 것은 다름 아닌 원망하며 죽지 않기 위해서입니다. 누군가를 원망하며 죽어가는 것만은 어쨌든 싫습니다.

그러나 아무래도 인간은 대가를 구하며 살아갑니다. 기대대로 되지 않으면 '왜 내가 이런 꼴을!'이라는 피해의식도 생깁니다. '자식을 위해 집도 사주었는데…', '손자의 입학금까지 내주었는데…'라고 불만이 터져 나옵니다. 결국 '자식들은 믿을 게 못돼!', '저런 어쩔 수 없는 며느리!'라고 자신의 마음속에서 '도깨비(鬼, 오니)'가 불쑥 얼굴을 내미는 겁니다.

애써 살아온 90여 년의 인생의 막을 내릴 때입니다. 좀 더 깨끗하고 후련하게 매듭짓고 싶습니다. 그러니까 쓸데없는 기대를 하지 않는 '없는' 삶이 나에게는 딱 맞습니다.

후회 '없이' 인생을 마감하고 싶은 것입니다.

차 례

1 장례식 없이

아타미의 자택 거실에서

90세를 목전에 두고 종활을 시작하다

내가 종활에 대해 알게 된 것은 89세 때였습니다. 종활 같은 것은 더 나이 들어서 생각하려 했지만 이즈미 씨에게서 "하시다 씨는 내년에 90세가 되니, 오래 사셨어요."라는 말을 들었습니다. 확실히 이즈미 씨의 말이 맞습니다. 일본인 남성의 평균수명은 80.5세. 여성은 86.83세입니다.(2014년 기준) 그래서 나도 이제 살 만큼 충분히 살았다고 생각하게 되었습니다.

'새 떠난 자리 흔적 없다.'

'멍하게 있지 말고 인생의 마지막을 준비하자.'

이렇게 생각하고 종활을 시작하게 된 겁니다. 지금부터 50년 전

쯤, 살고 있던 도쿄의 아파트 근처에 큰 공사가 시작된 걸 알고 일에 집중하기 위해 시즈오카현(静岡県) 아타미(熱海)로 이사를 했습니다. 남편이 이해해주어서 가능했던 일이었죠. 그 이후 평일은 도쿄와 아타미를 왔다 갔다 하며 살았고, 주말에는 아타미에서 남편과 함께 머물렀는데, 그런 생활은 남편이 죽기 1년 전까지 계속 되었습니다. 아타미의 집 주변은 자연 그대로의 모습을 잘 간직하고 있었는데 너구리나 사슴의 모습도 볼 수 있었습니다. 해발 400미터에 지은 집 앞에는 아지로만(湾)의 넓은 바다가 펼쳐져 있고 근처에는 하츠시마섬도 있었습니다. 쾌청한 날은 보소반도, 미우라반도와 멀리 큰 섬도 볼 수 있었습니다. 달이 떠오르면 넓고 큰 문리버가 되어 형언할 수 없이 아름답습니다. 이 근처는 차량통행이 거의 없고 들리는 거라곤 새가 지저귀는 소리뿐. 매우 조용하고 지내기가 편안해서 내 마음에 쏙 드는 곳입니다.

여기 아타미의 집으로 와서 도와준 가정부들의 손을 빌려서….

자, 드디어 종활입니다.

먼저 시작한 것은 오랫동안 보지 않고 쌓아두었던 것들 치우기입니다. 지금까지 써온 작품 원고들과 비디오테이프는 내가 죽은 뒤 아타미 집에 전시할 예정이라고 하시다문화재단*의 직원에게 들었

* 橋田文化財団. 하시다 스가코가 남편과 함께 방송문화발전에 공헌한 사람을 표창하고 육성하고자 설립한 재단.

습니다.

일부러 아타미에, 게다가 이런 산속까지 보러올 기특한 분이 있을까라고 생각하지만, 직원으로부터 거듭 다짐을 받았으니 일단 작품관계 자료들은 해결된 거지요.

정말 힘들었던 건 내 물건들의 정리입니다. 많은 장서는 아타미 도서관에 기증했고, 극본을 쓰기 위해 자료로 모아두었던 신문 오려 놓은 것들은 모두 버렸습니다. 어느새 산더미처럼 모인 안경들은 개발도상국의 안경기부단체로 보냈습니다.

일에 쫓겨 오랫동안 쌓아두고 열어보지 않았던 장에서 쏟아져 나온 핸드백이 120개. 줄 사람을 찾지 못해 중고 숍에 가져갔습니다. 엄청난 일이었습니다. 집에서 자고 있던 핸드백이 40만 엔으로 바뀌었습니다. 원래 나는 물건을 잘 버리지 못했습니다. 물건이 귀했던 전시(戦時)에 태어났기 때문이라고 말할 수도 있겠지만, 나는 포장지와 봉투 하나 버리지 못하는 사람입니다. 창고에는 물건들로 가득 찼고 손님방에도 쓰레기장처럼 물건들이 잔뜩.

창고의 물건들을 앞에서부터 끄집어 내다보니 안쪽에 처박힌 쌀을 쥐가 먹어버린 것을 보고 나도 가정부도 깜짝 놀랐지요.

지금까지 모아둔 편지를 모두 읽었고, 죄송하지만 꼭 간직하고 싶은 것을 제외하고 모두 처분했습니다. 사진과 편지 등 모두 10상자쯤. 남아있는 편지도 내가 죽으면 태워달라고 써둘 작정입니다.

그렇게 정리를 시작한 지 1년. 몇십 년 묵은 물건들이 사라지고 이제 겨우 집 안이 시원해졌습니다.

세상에 알리지 않고 죽는 게 이상(理想)

종활을 시작하고 무엇보다 감동적인 것은 친구가 사다준 『종활 노트』입니다. 주위 사람들이나 지인들의 연락처, 개인사 등을 세밀하게 적을 수 있어서 만약의 경우 남아있는 사람들이 곤란하지 않도록 배려되어 있습니다. 요즘엔 이렇게 편리한 것이 있는 것 같습니다.

지금 내 손에 있는 『종활 노트』는 아직 백지상태입니다. 하지만 무엇 무엇을 쓸 건지 마음에 결정하고 있습니다.

첫째 '장례식을 하지 않길 바란다.'입니다. 장례식은 모두 '의리'로 참석하는 거 아닌가요?

이렇게 말하는 나도 과거 장례식에서 여러분들의 '의리'를 받았습니다. 그것은 82세를 일기로 돌아가신 시어머니의 장례식 때의 일이었습니다.

시어머니는 연예계에 관심이 많고 좋아하는 배우도 많았습니다. 그것 때문에 방송국에 다니던 남편과 내가 장례식 때 유명 배우들이 보낸 화환을 준비하려 했었습니다. 우리는 그것이 시어머니에게 바치는 마지막 선물이라 생각했고요. 그래서 장례식 때 그들에게 전화를 돌렸고, 모두들 화환을 보내주었습니다. 생각해보니 이름만 빌리겠다고 말하기 곤란했고, 결국 그들 모두에게 미안한 짓을 하고만 것이죠. 나랑 남편과는 안면이 있어도 돌아가신 시어머니와는 전혀 모르는 사이였는데 말입니다.

이것은 좀 극단적인 예일지 모르지만 대체로 관혼장제에는 의리가 붙어있습니다. 내 인생의 마지막 순간에 사람들이 의리로 와주는 것도 불편하고, 애초에 의리라면 장례식도 필요 없을 것 같습니다. 그래서 주위에 있는 사람들에게 기회가 있을 때마다 '내 장례식을 하지 말라.'고 말합니다.

정말로 나를 그리워하는 사람이 있다면, 그분이 마음속으로 생각해주는 것만으로도 충분합니다. 한순간이라도 '아, 하시다 씨가 돌아가셨구나.'라고 생각해준다면 충분합니다. 민폐 끼칠 의식(儀式)은 하나도 필요 없고 최대한 아무것도 남기지 않고 죽고 싶습니다. 그것이 내가 생각하는 이상(理想)적인 인생의 마지막 모습입니다.

일본영화의 황금시대에 활약했던 여배우 하라 세츠코* 씨가

---

* 原節子(1920~2015). 일본쇼와시대 최고의 여배우. 대표작 「만춘」(晩春), 「동경이

2015년 9월에 95세로 타계했다는 뉴스를 보았습니다. 그 소식이 세상에 알려진 것은 사망 후 2개월 반이 지난 후였습니다. 그때까지 그분 신상에 관한 일은 알려지지 않았습니다. 하라 씨 본인의 '너무 떠들어대지 말라.'는 엄중한 유지를 존중했다고 합니다. 가능하다면 나도 그렇게 이 세상을 떠나고 싶습니다.

좀 더 욕심을 말하면 소식을 내지 않고 살아있는지 죽었는지 모르게 하고 싶은 게 나의 바람입니다. 내 가정부들에게도 '알리지 말아줘.'라고 엄하게 당부하고 있습니다.

생각해보세요. 뉴스가 되면 방송국에 있는 생전의 영상이 나오겠지요. 어쨌든 변변치 않은 모습일 거예요. 죽어서까지 수치를 드러내다니, 생각만으로도 떨리지 않을 수 없습니다. 그런 일이 없기를 바랄 뿐입니다.

야기」(東京物語) 등 다수.

유산은 정말 자식들을 위해서?

늙기 시작하면 사람들은 자기가 죽은 후에 남겨질 사람들을 생각하는 것 같습니다. 일반적으로 자기 자식들을 생각하게 되죠. 그 아이들에게 뭘 남겨주는 게 좋을까, 하고.

2015년에 방송된 「와타오니」 스페셜은 유산상속을 테마로 했습니다. 오카쿠라가(家)의 대들보 다이키치가 갑자기 죽자 조그만 요리집 '오카쿠라'를 포함한 유산상속을 둘러싸고 벌어지는 다섯 자매와 가족들의 갈등을 그렸습니다. 처음에는 유산 같은 것을 생각하지도 않았던 오카쿠라가의 자매들도 막상 눈앞에 돈이 생길지도 모른다는 생각에 욕심이 생깁니다. 오카쿠라가의 장녀 야요이는 유산을 받으면 손자와 친구들을 위해 가정교사를 고용해서 자택에 학원을 열고 싶다고 생각하고, 차녀 사츠기는 공인회계사무실에 다니는 장남 마코토에게 독립자금을 주고 싶다 생각하고, 마코토의 여동생 아이는 남편의 사업을 확장시키는 자금으로 쓰고 싶은 욕심에 "유산, 유산"이라고 엄마에게 졸라대는 겁니다. 삼녀 후미코도, 사녀 요코도, 오녀 나가코도 모두 닮은 꼴. 각자 떡줄사람은 생각도 않는데 김칫국부터 먼저 마시기 시작한 겁니다.

최종적으로 '오카쿠라'를 도우면서 가문을 지켜온 오녀 나가코의 딸 히나코의 '오카쿠라를 잇고 싶다.'는 의사를 존중해서 오카쿠라가의 유산소동은 행복하게 끝이 납니다. 그렇지만 세상에는 유산상속을 계기로 형제들 사이가 나빠지고 분쟁으로 치닫는 케이스가 많습니다.

부모가 자식을 위해서 남겨둔 유산 때문에 오히려 원수가 되는 경우도 있습니다. 그렇다면 피땀 흘려 모은 돈은 본인 자신이 다 써버리는 것이 좋다고 생각합니다. 저의 지론입니다.

부모로서도 어느 정도의 돈이나 부동산을 자식에게 남긴다고 하면 어쩔 수 없이 돌아보며 기대를 하게 됩니다. 자기가 늙은 후 돌봐줬으면…, 같이 살았으면 하고. 유산을 주니까 어느 정도 해주는 거는 당연하다는 속셈이 슬쩍 생깁니다.

그러나 자식은 자식대로 어떻게 될지 모릅니다. 일 때문에 전근을 가야 할지도 모르고 자식이 부모보다 중병에 걸릴지도 모르지요. 그렇게 되면 돌봐줄 수 없게 됩니다.

쓸데없는 기대를 걸고 무리해서 자식에게 유산을 물려준다는 생각은 애초에 하지 말아야 하는 겁니다. 자신의 재산으로 간병인이 있는 시설로 들어가는 게 좋고, 자유로운 시간을 충분히 사용해서 여행을 떠나는 것도 좋습니다. 자신이 좋아하는 것에 써야죠. 그편이 서로 깔끔한 관계를 유지할 수 있다고 생각합니다.

자, 무덤은 어떻게 하지?

뭐하나 남기지 않고 죽는다고 해도 무덤에 대해서는 사정이 좀 다릅니다. 나도 준비한 무덤이 있습니다. 27년 전 죽은 남편은 시즈오카에 있는 선산에 어머니와 함께 영면하고 있습니다. 어머니와 가까웠던 남편은 어머니와 함께 하고 싶다는 유언을 남겼고, 그 염원이 이루어져 행복해 할 것입니다.

문제는 남겨진 나입니다. 전에 남편의 친척으로부터 "하시다 씨는 이곳 선산에 들어올 수 없다."는 말을 분명히 들었기 때문에 남편과 함께 할 수는 없습니다. 아내라고 해도 생판 남인 거죠. 나는 기대하지 않습니다. 이제는 선산에 들어오라 해도 싫고, 부탁해도 거절할 겁니다.

지금까지 시어머니와 시누이들에게 정성을 바쳤지만 무덤에 같이 들어가는 건 절대로 질색입니다. 그래서 나는 아버지의 선산인 에히메의 무덤으로 가기로 결정했습니다. 비석도 준비해놓았습니다.

그러고 보니 그곳 보제사의 주지스님이 말하기를 "하시다 씨의 묘지가 어디 있나요?"라며 묻는 방문객이 벌써 있다고 합니다. 미안하고 안타깝지만 나는 아직 건강해요. 최근 텔레비전에 나가지 않아서 다들 죽었다고 생각하는 것 같습니다.

그런 얘기를 들어서인지 정말 내가 죽은 후에 참배하러 오면 어떡하지! 지금이라도 묘를 깨끗하게 해놓아야겠다고 생각하게 됩니다. 허세일까요. 그런 생각을 하면서 조금 더 좋은 비석으로 바꾸어 놓게 되었습니다.

사실 예전에 남편과 함께 묻히려고 장만해놓은 일본 문예가협회의 묘지도 있지만 분골(分骨)은 좋지 않다고 하니, 그곳에는 우리 두 사람의 유골이 아닌 나와 남편의 유품만을 함께 넣어야겠다고 생각합니다. 차고 다니던 시계 같은 것이 좋을 것 같네요. 남편과 나는 오랜 시간을 같이 보냈으니까요.

천 개의 바람이 되어 넓은 하늘을 날아간다

생각해보니 처음 죽음에 대해 의식한 것은 전쟁 중이었습니다. 당시에는 모두 알듯이 바로 곁에서 사람들이 픽픽 죽어갔고, 종전 후 미군이 들어올 때는 자살할 각오도 했었습니다. 그것이 당연하다고 생각했으니까요.

그러나 죽음을 의식했다고는 하지만 그다지 죽음 자체에 대해 깊이 생각해본 건 아니었습니다. 역시 나의 천성이 낙천적이기 때문이었을까요.

나는 죽는 것이 조금도 무섭지 않습니다. 그렇다고 해도 죽은 다음 먼저 간 사람들을 만난다거나 하는 기대는 하지 않습니다.

'죽음'이라는 것은 잠든 채로 깨어나지 않는 그런 것일 뿐이라고 생각합니다. 매일 밤 이불 속에 들어가 잠이 들지만 여느 때와

다르게 아침이 와도 깨지 않고 낮이 되어도, 다음날 밤이 되어도 깨지 않는 것, 그것이 죽음이겠지요. 소위 영면(永眠)이라고 말하는, 쭉 잠들어 있는 상태가 바로 '죽음'의 상태입니다. 아침에 눈을 뜨면 '살아있구나.'라고 생각할 정도로 계속 잠들어 있는 거라면 예상외로 죽는 것도 나쁘지 않다고 생각하게 됩니다.

조금 얘기가 벗어나지만 나는 자는 동안 꿈을 꿔본 적이 없습니다. 물론 꾸기도 하겠지만 잠이 깨는 순간 깨끗이 잊어버리는 게 아닐까 생각됩니다. 90년을 살아오면서 한 번도 꿈을 기억하지 못할 정도의 기억력은 아니라고 생각하기에 "어제 사람을 죽이는 꿈을 꾸고 땀투성이가 되어 깨어났어요."라는 얘기를 들으면 조금 부럽기도 합니다. 현실이 아닌 꿈속에서 체험하는 그런 거라면 나도 한번 해보고 싶습니다. 왜냐하면 조금 무서운 일을 당한다 해도 깨어나면 꿈이라 생각하고 안심할 테니까요. 그런 안도감을 느껴보고 싶습니다. 분명히, 영면하면 꿈 같은 건 볼 수 없을 테니까, 살아있을 때 꾸는 것이 꿈이에요. 꿈조차 꾸지 않는 천하태평인 나도 20년 전 남편과 함께 묘를 쓸 수 없다는 말을 들었을 때는 좀 복잡한 마음이 있었습니다. 그때 위로가 된 것은 10여 년 전 유행한 「천 개의 바람이 되어」*라는 노래였습니다.

---

* 千の風になって. 미국에서 추모시로 애송되던 것을 아라이 만이 번역한 후 곡을 붙여 2003년에 발표해 크게 히트한 곡이다.

내 무덤 앞에서 눈물 흘리지 말아요
나는 그곳에 없어요
잠들어 있지 않아요
천 개의 바람 천 개의 바람이 되어
저 넓고 높은 하늘을 날아가고 있어요

– 번역/작사 아라이 만

이 노래를 들었을 때 뭔가 멍해졌습니다. 맞아! 남편은 천 개의 바람이 되어 저 하늘을 날아가고 있구나. 무덤 안에 없어. 그러니 정말 그런 무덤 같은 건 필요 없어. 왕년의 여배우 사와무라 사다코* 씨는 먼저 간 남편과 자신의 유골을 바다에 함께 뿌려달라고 유언을 남겼다고 하는데, 그런 방법도 있었네요.

남편이 떠나고 꽤 지났지만 그 사람의 온기를 가까이 느낄 때가 있습니다.

나의 일터는 우리 집 식탁입니다. 눈앞에 있는 게스트하우스에는 집필에 딱 맞는 멋진 서재와 책상이 준비되어 있지만 그곳에서는 왠지 안정적으로 원고를 쓰지 못하겠습니다.

그런데 우리 집 식탁에서 원고를 쓰고 있노라면 남편이 2층에 있지, 라고 느껴지고 2층에 있을 때는 거실에 있구나, 라고 느껴지기

* 沢村貞子(1908~1996), 「만국」(晩菊), 「사육」(飼育) 등에 출연한 여배우.

때문입니다.

그래서 「천 개의 바람이 되어」는 픽션이 아닌 게 아닐까 하는 생각이 들지요. 그렇게 실감합니다.

2 명예욕 없이

60대 시절, 아타미에서

무엇보다 건강한 몸이 재산

나는 요즘 월, 수, 금 주 3회 체육관에서 1시간 씩 운동을 하고 있습니다. 개인 트레이닝을 하지요. 다리를 돌리고 올리고 내리며, 공을 사용한 스트레칭도 합니다. 나이가 들어서 넘어지면 일어나지 못한다는 얘기를 많이 들어서, 넘어지지 않기 위한 운동을 합니다.

내 나이 91세입니다. 체육관에 오는 다른 사람들과 같은 프로그램을 따라갈 수 없어요. 나의 약한 부분을 중점적으로 운동합니다. 역시 자신에게 맞는 트레이닝이 최고예요.

담당 트레이너는 아주 우수한 분으로 유명 스모선수와 골프선수도 관리하고 있습니다. 덕분에 아직 휠체어 신세를 지지 않고 두 다리로 걷고 있습니다.

그렇지만 다리와 허리가 약해진 건 맞습니다. 허리는 두 번이나 수술을 했고요, 정형외과 선생은 무릎도 인공관절로 바꿔야 할 정도로 약해져 있다고 말합니다. 그래도 다행히 근육이 지탱하고 있는 거지요.

보통 나 정도의 나이가 되면 부종을 호소하는 사람이 많지만 나는 괜찮다고 칭찬 받았습니다. 근육이 있으면 수축작용으로 인해 혈관을 자극해서 피의 순환을 촉진시킨다고 합니다. 평소의 운동 덕택입니다.

만약 내게 무슨 일이 생기더라도 기댈 자식이나 친척도 없고 부탁할 마음이 없습니다. 처음부터 기댈 생각도 없었습니다. 그러니 지금부터라도 가능하다면 내가 제일 좋아하는 여행을 떠나고 싶습니다. 여행에 돈을 쓰는 것은 꿀사납지 않습니다. 그렇게 하기 위해서는 몸을 움직이지 않으면 안 됩니다. 그러니 무엇보다 몸이 재산입니다. 자본입니다.

체육관에 가서 트레이닝을 할 수 없다면 집에서 할 수 있는 건강법으로 밸런스 볼을 추천합니다. TV를 보며 밸런스 볼에 허리를 대고 다리를 제자리걸음하는 것만으로도 좋습니다. 무엇보다 밸런스 볼 체조는 즐겁습니다. 일어나거나 앉거나 발로 볼을 잡고 올리고 내리는 것도 아주 좋은 운동이 됩니다.

자신의 '분수를 아는 것'도 재능

나이를 먹으면 아무리 건강해 보여도 늙는 다는 것이 확실하게 쫓아옵니다. 중요한 것은 그것을 자각하는 겁니다. 자각할 수 없다면 억울한 생각만 들고 화가 나게 됩니다. 극단적인 경우 정신적으로 쫓기며 우울증이 생길지도 모릅니다. 얼마 전까지 할 수 있던 게 왜 안 되는 거지? 라며 최고로 불행한 기분에 사로잡히게 됩니다.

가장 좋은 방법은 깨끗하게 받아들이는 겁니다. 그렇게 인생을 바꿔가는 겁니다.

눈앞에 있는 돌출된 턱 정도는 아직도 뛰어넘을 수 있다고 자신 있게 생각하는 건 큰 오산입니다. '으랏~차!' 기세 좋게 뛰어넘다가 넘어지는 경우도 있습니다. 나는 뛸 수 없다고 생각하면, 무리하지 않습니다. 뛸 수 없는 것을 뛰려고 해봐야 도리 없고, 그래봐야 수고스럽고 실망만 보태는 일일 뿐, 누구를 위해서도 아닙니다.

이것은 체력적인 것만의 문제는 아닙니다. 생각하는 방법이나 살아가는 방법도 마찬가지입니다. 언제나 자신의 몸에 어울리는 행복으로 족하다고 생각합니다. 내가 낙천적일 수 있었던 것은 이런 이유겠지요.

극본을 쓸 때 좋은 작품을 써야겠다고 생각하면 금세 답답해집니다. 몸에 맞는 일을 하고, 그것이 잘 안 되면 은퇴할 수밖에 없습니다.

젊었을 때라면 이야기는 달라집니다. 때때로 무리해서 노력하는 것이 향상심(向上心)으로 이어지고는 하지만 나이가 드니 향상심만이 머릿속에 맴돌고 몸이 따라주지 않는 겁니다.

자신의 상태를 확실히 파악하지 않고 위를 바라보는 것은 향상심은커녕 욕심일 뿐입니다. 유난히 젊었을 때 잘 나가던 사람이 더 '꿈아 내게 다시 한 번'이란 생각을 버리지 못하고 다시 하나의 꽃을 피우기 위해 기를 씁니다.

젊었을 때나 나이가 들어서나 무엇보다 자신을 아는 것이 제일 중요합니다. 몸의 분수 이상의 모습을 설정함으로써 점점 위로 오르는 사람도 있기 때문에 개인차가 있을 수도 있겠지만 그것을 판별하는 것은 자신밖에 없지요.

자기에게 얼마나 재능이 있는가를 판별하는 정도의 힘을 갖고 있지 않으면 결국 무너져버립니다. 자신은 더 할 수 있다고 생각하지만 할 수 없기 때문에 힘들어집니다. 결국 자기 자신의 목을 조르는 것밖에 되지 않는 거지요.

게다가 배우들은 팔리지 않으면 '나도 멋진데, 나도 예쁜데…'라는 생각을 하게 되지만, 멋진 남자 예쁜 여자, 단지 그것만으로 캐스팅되고 인기를 얻는다면 배우들은 고생 안 해도 될 겁니다.

주연이 아니면 조연이라는 길도 있지요. 영화에서도 TV에서도 명품 조연이라는 말을 듣는 배우들이 자기의 존재감을 확실히 드러내고 있습니다. 때때로 주연을 먹어버릴 때도 있을 정도지요.

처음부터 주연이 아니면 싫다는 둥, 어렵게 들어온 제의를 거절하거나 하면 자신을 빛내줄 기회를 전부 놓치게 되는 겁니다. 향상심은 필요하지만 꿈꾸는 것 같은 향상심이라면 머지않아 갖게 되는 것은 좌절감뿐일 겁니다. 어떻게 하면 자신을 아느냐 하는 것이 중요합니다.

기업 쪽에서도 해외로 진출하거나 확장하는 순간 순조롭던 영업이 기울었다는 이야기가 자주 들립니다. 그것은 기업이나 경영자가 자신의 그릇을 판별하지 못한 결과이겠죠.

전쟁의 경험으로 무서운 게 없어졌다

나의 경우 전쟁을 경험한 것이 인생에 큰 영향을 끼쳤습니다. 아무리 발버둥 쳐도 무리한 일은 무리한 겁니다. 일종의 규칙 같은 걸 배웠습니다. 게다가 그런 시대를 경험하면 더 이상 무서운 게 없어집니다.

1945년 3월 도쿄대공습*으로 도쿄는 불바다가 되었고, 그 이후 본토에 대한 공습은 더욱 극에 달했습니다. 4월에는 다니던 일본여자대학교(日本女子大学校)가 폐쇄되어 부득이하게 오사카로 돌아와 아버지의 도움으로 도요나카(豊中)시에 있는 해군경리부에서 일하

* 東京大空襲. 1945년 3월 10일 미군이 도쿄와 그 일대에 대량의 소이탄을 투하한 사건. B-29 전투기 344대가 약 100만 발의 폭탄을 도쿄 상공에서 투하하는 3시간 동안의 공습으로 도쿄와 그 일대는 거의 파괴되고 이날 하루 약 10만 명이 사망하였다.

기 시작했습니다.

전시상황이 하루하루 악화되는 가운데 공습은 도쿄뿐만이 아니라 지방에도 영향을 미치기 시작했습니다. 7월 10일 새벽, 집이 있는 사카이(堺)시에 100대가 넘는 B-29가 공습을 시작했습니다. 1시간 반에 걸친 공습으로 약 800톤의 폭탄이 비처럼 쏟아졌다고 말할 만큼의 대공습이었습니다.

나는 도요나카시의 하숙집에서 차를 타고 불타고 있는 사카이로 향했습니다. 마을은 처참했습니다. 여기저기 불과 열풍에 휘감겨 집 쪽으로 한 발짝도 들여놓을 수 없었지요. 주위에는 검은 잿더미가 되어 고꾸라져 죽은 시체더미들. 어머니의 생사를 확인할 수 없었습니다.

이렇게 말하면 냉정한 사람이라 할지도 모르지만, 사실 그때 나는 사람의 죽음에 대한 감각이 완전히 마비되어 있었습니다. '잔인한 미국과 영국'을 인정하지 않는 '군국소녀'의 입장이었던 나. '전쟁 중이니까 죽는 건 당연해.'라고까지 생각했습니다. 지금처럼 죽음을 그렇게 심각한 것이라고 생각하지 않았습니다. 잔혹하지만 '공습에 저 사람도 죽었네.'라는 정도였습니다.

타오르는 마을을 보며 '틀림없이 엄마도 죽었다.'고 생각했지만 절망할 일도 아니었습니다. 어차피 미군이 본토에 상륙해서 전쟁이 벌어지면 단노우라 전투*에서 헤이케(平家) 일문이 바다에 몸을 던졌듯이 나도 물에 뛰어들어 죽는 게 당연하다고 생각했습니다. 그래서 내가 죽는다는 것이 조금도 무섭지 않았습니다.

공습으로부터 1주일 정도 지났을 쯤 소식을 알 수 없던 어머니의 행방을 알아냈습니다.

집이 불타 뛰쳐나온 어머니는 오사카 교외에 있는 고모 집에서 신세를 지고 있었습니다.

조금은 안심했다곤 하지만 나까지 신세를 질 수는 없었어요. 어느 집이나 먹을 게 없었고, 어머니와 함께 폐를 끼칠 수는 없었습니다. 거기서 종전을 맞은 후에도 잔무정리를 위해 해군경리부에서 계속 근무를 하다 10월부터는 다시 문을 연 학교로 돌아왔습니다. 메지로(目白)에 있는 기숙사 한쪽은 다행히 불타지 않아 그곳에서 겨우 지낼 수 있었습니다.

그러나 사는 곳은 있어도 먹을 것이 없었습니다. 배급이 있었지만 올 때마다 가져오는 건 산채 두릅뿐이었습니다. 게다가 배급장소에서 기숙사까지 꽤 먼 길을 두릅을 메고 날라야 했던 것은 하급생들 몫이었지요. 함께 요리 해서 먹었지만 금세 다시 배가 고파졌

* 헤이안 시대(平安時代, 794~1185) 말기에 단노우라에서 벌어진 전투. 단노우라(壇ノ浦)는 지금의 야마구치현 시모노세키. 이 전투에서 영화를 자랑하던 헤이케 일문 멸망. 모두 수장되었다.

습니다. 그렇게 10여 일이 지나자 굶어 죽을 지경이 되었습니다.

그래서 도쿄에 계신 이모가 피난해 있던 야마가타(山形)로 친구 두 명과 함께 가기로 결정했습니다. 당시 도쿄역은 배웅하는 사람들과 농촌에서 올라온 사람들로 역과 열차가 몹시 혼잡했습니다. 우에노(上野)역에서 이틀간 줄을 서고 겨우 표를 구해 얻어 탄 열차는 밀가루 운반차. 온통 하얀 먼지투성이에다 가다 서다를 반복했습니다. 무엇보다 힘든 건 화장실이었습니다. 열차가 서면 "그것"이라 말하고는 높은 열차에서 뛰어내려 선로 옆에서 볼일을 보는 수밖에 도리가 없었습니다. 같이 간 친구들도 매번 서로 보자기로 가리고 볼 일을 보았습니다.

이런 시대를 살아왔기에 나는 무서운 게 하나도 없습니다. 난 그런 힘든 상황에서도 사람은 살아갈 수 있다고 생각합니다. 가난해도 괜찮았고, 풍족함에 약해지지도 않았지요. 힘든 것을 경험한 덕택에 풍족함을 냉정히 보았기 때문이라 생각합니다.

「오싱」의 탄생

필사적으로 도착한 야마가타현의 아테라자와(左沢)는 결국 내 인생에 큰 전환의 계기가 되었습니다. 야마가타에는 눈앞에 놀라운 경치가 펼쳐져 있었습니다. 일대에는 황금빛 파도. 10월의 쇼나이(庄内) 평야는 한눈에 보이는 모든 것이 빛나는, 벼의 바다였습니다. 종전 직후엔 미군 병사가 상륙하면 죽자, 가능하면 죽창으로 한 명이라도 죽이자고 무서운 생각도 했었지요. 하지만 이런 광경을 눈앞에 두니 '아, 일본은 아직 괜찮아. 나도 살 수 있을지 몰라.'라고 겨우 느끼게 되었습니다. 불타던 들판을 보다가 쇼나이 평야의 벼바다를 보고 벼란 이렇게 멋진 것이구나, 라고 처음으로 생각했습니다.

이모가 일하시던 목재상에 도착하자 그곳의 아주머니가 인절미를 먹게 해주었습니다. 그것도 팥 앙금이 들어있는 것뿐만 아니라 콩가루, 깨, 호두, 풋콩을 갈아 만든 찹쌀떡까지 일곱 가지 인절미를 차례차례 내주셨습니다. 그것을 입에 넣고 넘치는 눈물을 멈출 수가 없었습니다. 아, 아~ 이렇게 쌀이 있다면 괜찮아. 이제부터 새로운 미래를 살아갈 수 있겠구나! 그때 그곳에서 떡을 내준 아주머니가 들려준 이야기를 토대로 그 후에 탄생한 것이 드라마 「오싱」입니다.

"옛날 이 근처의 아이들은 대부분이 더부살이를 갔어. 가족의 가난을 볼 수가 없어 선금을 받아 부모님께 드리고는 뗏목을 타고 하류 여기저기에 있는 더부살이 집으로 간 거지."

목재상에서는 산에서 자른 나무를 옮기기 위해 뗏목을 엮어 아랫마을까지 운반했는데, 그 위에 아이들을 태웠다는 겁니다. 물살로 치면 일본 3대 급류 중 하나. 어린아이들은 위협을 느끼며 뗏목에 매달려 일하러 강을 떠내려 간 겁니다. 아주머니에게 들은 이야기는 언제나 내 머리를 떠나지 않았습니다.

여기에서 뗏목에 태워진 오싱이 부모와 헤어지는 장면이 탄생했습니다. 오싱이 떠내려간 강은 물살이 세기로 유명합니다. 야마가타는 내가 다시 살아갈 수 있다, 고 생각하게 해준 땅이었습니다.

20대 중반이 되었을 때 다시 야마가타를 방문하여 먼저 상류의 시리타카 마을에서 하류를 향해 버스도 탔지만 가능한 걸어서 내려

갔습니다.

그 토지에 부는 바람과 땅의 냄새를 직접 느끼면서, 그 풍경을 눈에 넣고 싶었기 때문이지요. 그때 이렇게 강을 따라 내려갔다가 출세 해가는 여성의 이야기를 쓰고 싶다고 결심했습니다. 그것이 나의 목표 중 하나가 되었습니다.

「오싱」을 쓴 것은 야마가타에서 그 맹렬한 벼의 바다를 본 지 30년이 지나고 나서의 일. 아마 지금도, 70년 전 그 옛날과 같을 겁니다. 가을의 쇼나이 평야는 황금의 바다가 되어 있을 겁니다.

그 광경은 내 마음속에서 색바래지지 않고 언제나 불타오르고 있습니다.

진정한 행복과 풍족함을 물어보고 싶었다

고맙게도 「오싱(おしん)」*은 평균시청률 52.6%, 최고시청률 62.9%라는 기록적인 작품이 되었습니다. 하지만 처음부터 순탄하지는 않았습니다. 먼저 TBS의 연속극으로 어떨지 TBS의 직원인 남편에게 제일 먼저 보여주었지만 "이런 때에 이렇게 어둡고 촌스러운 드라마는 당치않다."는 말을 들었습니다. 그래도 단념하지 않았습니다. 그래서 이번에는 NHK에 가서 보여주었지만 이곳도 같은 대답만 돌아왔습니다. 지금 야마가타는 '과일천국'이라고 불리지만 당시

---

* 1983년 4월 4일부터 1984년 3월 31일까지 방영된 NHK 아침 드라마. 드라마로서 모든 기록을 갈아치운 기념비적 작품. 단행본으로도 만들어져 베스트셀러가 되었고, 이후 2013년 영화로도 만들어져 개봉되었다. 주인공 이름이 오싱(여자)인데 1907년부터 1983년까지 오싱의 일대기를 중심으로 이야기를 다루고 있다. 한국에서도 판권을 사들여 KBS에서 드라마로 만들어 방영했고, 책으로도 번역 출간되었다.

엔 아직도 가난한 땅, "화려함이 없다."고 NHK 담당자에게 거절당했지요.

그리고 3년 후, NHK로부터 방송 30주년 기념방송 의뢰를 받았을 때 다시 「오싱」 이야기를 해보았습니다. TBS까지 포함해서 세 번에 걸친 출품이었습니다. 나의 「오싱」에 대한 열정이 얼마나 강했는지, 설득할 수 있다고 생각했습니다. 그런 보람으로 세 번째에 드디어 「오싱」을 탄생시킬 수 있게 된 겁니다.

그러나 벽은 뜻밖의 곳에 있었습니다. 야마가타현으로 촬영협조 요청을 갔을 때 "지금도 여기를 일본의 티베트라고 여깁니다. 그런데 이런 드라마를 방송하면 곤란하니 협조할 수 없어요."라고 딱 거절당하고 말았습니다.

오싱이 뗏목을 타고 강을 내려가 더부살이하는 곳으로 가는 장면을 촬영할 수 있었던 것은 인근 마을 사람들 덕분이었습니다. 모든 분들이 협력해서 뗏목을 엮어주셨기에 감사함이 끝이 없습니다.

「오싱」은 지금까지 세계 68개국에서 방송되었습니다. 이 사실을 알고는 있었지만 내가 쓴 드라마가 해외에서도 방송된다는 것이 처음엔 전혀 실감나지 않았습니다. 그런데 동남아시아로 크루즈 여행을 했을 때 「오싱」이 바다를 건너고 있다는 걸 그때 실감했습니다.

여객선 직원이 이쪽 손님은 「오싱」 작가분이세요, 라고 현지 가이드에게 괜한 말을 하자 가이드가 긴장합니다. 「오싱」을 보셨군요…. 열심히 가이드를 해주시니 보통보다 두 배의 팁을 주게 됩니다. 정말 나도 허영심이 있네요.

당시엔 아시아의 개발도상국에서는 「오싱」을 소위 성공스토리로 시청한다고 들었습니다. 자신도 오싱처럼 지금을 견디며 열심히 살아가면 부자가 되고 전후 일본처럼 풍족한 나라가 될 수 있다고.

하지만 사실 내가 「오싱」을 쓴 진짜 이유는 다른 곳에 있습니다. 「오싱」은 "일본은 이제 더 이상 풍족해지지 않아도 괜찮지 않아요?"라는 질문이었던 것입니다.

방송을 시작했던 1983년엔 미국의 레이거노믹스에 의해 엔은 떨어지고 달러는 비싸졌죠. 일본은 수출기업을 중심으로 '하이테크 경기'가 시작되었고, 수년 후에는 전 일본이 버블 경제로 열기를 띠던 시대가 기다리고 있었던 겁니다.

물질적으로도 경제적으로도 점점 풍족해지는 일본, 하지만 주위에 휩쓸리지 않고 진정한 풍요로움을 잊어서는 안 된다고 생각했습니다. 그래서 슈퍼를 물려받은 차남이 사업을 확장하려 할 때 오싱이 "이미 충분한 거 아니야?"라고 말합니다.

차남의 가정은 경제적으로 여유 있지만 붕괴직전, 오싱은 따돌림을 받는 상태이죠. 풍부함 대신에 뭔가를 잃어버리는 것 같아 두려웠습니다. 조금 멈춰 서서 '진짜 행복과 풍요로움'이 무엇인지 되묻길 바라는 겁니다.

전쟁을 경험했기에 모든 것이 '감사'합니다

오해를 무릅쓰고 말하자면 저는 전쟁 경험에서 플러스적인 면도 느낍니다. 물론 매일 많은 사람들이 죽어가고, 게다가 '생명'에 대한 감각을 마비시키는 전쟁은 결코 용납될 수 없고 두 번 다시 일어나서는 안 되는 것입니다. 그렇기에 나는 「하루와나츠」(전해지지 않은 편지), 「99년의 사랑~」(JAPANESE AMERICANS~) 등 전쟁과 평화에 관한 드라마를 써왔습니다.

내가 전쟁에서 얻은 것은 여러 가지 것에서 '고마움'을 느끼게 된 것입니다. 그 억압된 상황이나 아무것도 없던 전쟁 중과 비교하면 지금 무슨 일이 생겨도 그때보다 괴롭고 비참한 것은 없으니까요. 그런 의미에서 나에게 전쟁은 부정적인 것만은 아닙니다.

종전 직후 어머니는 화재로 집을 잃었고, 아버지는 조선에서 돌아온 분. 부모에게만 기댈 수 없는 때, 야마가타에서 신세를 질 수 있게 되었습니다. 나에게는 '구원의 신'과의 만남이었던 겁니다. 그런 의미에서 어려울 때 운이 따라서 살아올 수 있었던 같아요.

승차표를 구하려고 우에노역에 이틀 밤을 줄을 섰을 때도 비슷한 나이의 여성이 사탕이나 초콜릿, 말린 바나나를 우리에게 나누어주었습니다. 역 구내에는 자신도 배가 고플 텐데 같이 먹고 나눠주는 그런 광경을 곳곳에서 볼 수 있었습니다. 어려운 시절이었지만, 어려운 누군가를 위해 자신이 할 수 있는 일을 모두 하고 있었다고 생각합니다.

전쟁 중에 고통을 경험했으니 빵 한 조각이라도 고맙고, 단지 먹을 것으로 힘들어하지 않는 것만으로도 감사합니다. 사는 곳이 따뜻한 것이 행복. 그것뿐만이 아니라 머물 곳이 있는 것만으로도 감사하지요. 모든 것이 '감사함'으로 이어지게 된 것은 힘들었던 때를 살아온 덕분입니다.

이류 인생, 평범한 것이 성격에 맞는다

나는 원래 그렇게 높은 것을 바라는 편이 아닙니다. 게다가 스스로 그렇게 대단한 사람이라고 생각하지 않지만 드라마 작가로서 일이 들어오게 되면 착각을 할 위험성도 생깁니다. 그럴 때는 '남의 모습을 보고 내 모습'을 고치거나, 주위를 둘러보며 '저 사람 자기는 잘난 체 하지만 사실 그렇지 않네. 혹시 저 사람처럼 괴물이 되어가고 있는 건 아닐까?'라고 스스로를 경계할 때도 있습니다.

혹은 '저 사람은 대단한 실력을 갖고 있어서 잘난 척 하는 게 당연하지만. 나는 다르지.'라고 스스로를 타이르기도 합니다.

사람들과 나를 비교하더라도 이런 정도의 비교는 하지만 '그 사람처럼 되고 싶다.'거나 '그 사람보다 위로 올라갈 거야.'라고 생각하지는 않았습니다. 그런 식으로 경쟁하는 것처럼 어리석은 일은 없다고 생각합니다.

여학교 시절, 나는 배구부였습니다. 단지, 만년 후보. 하지만 즐거웠습니다. 후보로 아슬아슬하게 스타팅 멤버의 13명에 들어가 있어서, 원정 경기가 있으면 같이 갈 수 있었습니다. 출전을 못해도 멀리 갈 수 있어서 오히려 이득이라고 생각했습니다.

향상심이 없다고 말하면 그런 거겠지만, 스스로 알고 있는 거죠. 아무리 향상심이 있어도 내 능력으로는 무리라는 것을.

어떤 공은 내가 리시브 할 수 없다는 사실을 잘 알고 있었어요. 하지만 1~2cm라도 공에 닿기 위해 손을 뻗칩니다. 정말로 훌륭하다고 남의 일처럼 감탄했습니다.

처음부터 포기해버리면 그렇게 칭찬받을 일이 아닐 것입니다. 왜냐하면 세상 사람들은 '할 수 없다고 관두는 거야?'라고 이야기하니까요. 하지만 '조금만 더, 더' 하며 계속 노력하다가, 어느 순간 팽팽한 실이 터지듯 끊어져버리는 사람도 있습니다. 계속 무리해서 다다른 곳이 그곳이라면 불쌍하다고 생각합니다.

밑바닥 시절이 얼마만큼 길다고 해도 포기하지 않고 열심히 노력하는 사람도 있고, 정상에 선 순간 포기해버리는 사람도 있습니다. 골프 시합 등을 보면 특히 정신력의 차이가 실력의 차이로 이어지는 것을 알게 됩니다.

너무 위만 올려다본 나머지 좌절감에 빠져버립니다. 조금이라도

'이걸 할 수 있어서 다행이야.'라고 생각하지 않으면, 괴로운 것만 이 남을지도 모르겠습니다. 정신력도 우선은 자신을 이해하는 것부터 시작해야 하겠죠. 말은 쉽고 행동은 어려워서, 그게 좀처럼 이해할 수 없기 때문에 힘들 것 같지만요.

배구부 시절을 생각해봐도 내 천하태평인 성격은 타고난 것인지도 모릅니다. 그것을 터프하다거나 둔감하다거나…. 아마도 둔감하니까 지금까지 살아올 수 있었다고 생각합니다.

게다가 일류가 되고 싶다는 생각은 없어요. 왜냐하면 일류는 힘들기만 할 것 같지 않나요?

이류가 편해요. 하나의 대사를 몇날며칠을 추적하거나 하진 않으니까요. 그래서 보시는 분이 쉽게 이해할 수 있도록 많은 대사를 쓰는 편입니다. 같은 작가라도 내가 쓰는 분량의 대사를 구라모토 소오(倉本聰) 씨나 야마다 다이치(山田太一) 씨는 깎아 없애고 닦아서 최대한 한 마디로 쓰더군요. 이렇게 생각하고 있구나 하고 느꼈습니다.

이제는 돌아가시고 안 계신 무코다 구니코* 씨의 대사도 훌륭했습니다. 그런 분을 천재라고 말하는 거죠. 난 절대 될 수 없겠

---

* 向田邦子(1929~1981). 드라마 작가이자, 에세이스트, 소설가. 절묘한 대사와 정교한 구성으로 최고의 인기를 누리며 「데라우치 간타로 일가」, 「아수라처럼」 등 1천여 편이 넘는 드라마 극본 집필. 1980년엔 소설로 나오키상을 수상하였다.

지만요.

그래서 난 나대로 이류의 길을 가겠다고 오래 전부터 그렇게 생각하고 있었습니다.

이류라도 좋은 것은 있어요. 이류이기 때문에 이렇게 많은 극본을 쓸 수 있었습니다. 1년짜리 대하드라마와 1년간 연속 방영된 일일 드라마를 각각 세 편씩 썼고, 반 년짜리 아침 드라마도 한편 썼습니다. 어지간한 여유가 없으면 쓸 수 없었다고 생각합니다.

이류라도 전하고 싶은 것을 전할 수 있습니다. 그것이 텔레비전의 장점입니다.

지방에 가면 할아버지 할머니가 "선생님, 드라마 잘 보고 있어요!"라고 말씀해주십니다. 「오싱」이 방송된 후에 지방으로 강연하러 갔을 때도 할머니가 로비에 앉아서 나에게 절을 해주신 적도 있었습니다. 당황했지만 이것도 내가 택한 미디어가 텔레비전이라서 그런 것이죠. 베스트셀러가 되어 많이 팔린 소설이라 할지라도 일본전국, 방방곡곡. 시골의 할아버지 할머니까지 읽고 있는 책은 거의 없을 테니까요.

그런 의미로는 미술작품과는 전혀 달라서, 전국의 안방으로 들어가 누구라도 볼 수 있는 것이 텔레비전의 묘미입니다. 때문에 내 생각을 가능한 많이 써서 여러분에게 전달하고 싶은 겁니다. 나는 그러는 것이 좋다고 생각해왔기 때문에 마음이 편했습니다.

안방에서 텔레비전을 보는 분들은 누구도 예술적인 대사를 요구하고 있지 않다고 생각합니다. 오히려 "하시다 선생의 드라마는 알기 쉽고 좋아요."라고 말해주니까 그게 다시 격려가 됩니다.

드라마 작가만큼 즐거운 장사는 없다

나는 드라마 작가만큼 즐거운 장사는 없다고 생각하며, 지금까지 쭉 일을 해왔어요. 내가 쓴 극본의 드라마를 보고 있자면, '고마워요! 그렇게도 대사를 치네.', '저 캐릭터, 저렇게 찍고 있네.'라며 잘잘못에 관계없이 내가 생각하고 그린 이미지와는 다른 분위기와 장면이 올라오는 것도 있습니다.

어떤 배우의 입에서 나온 '미안하다'와 다른 배우의 '미안하다'는 다르기 때문에 재밌고 또 많은 것도 발견할 수 있었습니다.

같은 글쓰기라도 소설가라면 자신이 쓴 활자가 그대로 세상에 나옵니다. 물론 세상에 나올 때 바뀌어버리면 오히려 큰일입니다. 그러나 내가 쓴 극본은 활자 그대로라면 나는 재미없다고 느낍니다. 무슨 말을 해도 쓰고 있는 본인이 이류이기 때문이니까요.

드라마는 여러 사람들이 각자 갖고 있는 기술이나 지혜, 생각이 쌓여 깊이 있는 하나의 작품으로 완성됩니다. 이류인 내 입장에서 보면 이보다 고마운 일은 없는 겁니다.

게다가 소설가라면, 예를 들어 등장인물이 입고 있는 옷의 문양 등도 섬세하게 표현하지 않으면 안 되죠. 텔레비전이라면 의상 스태프가 옷을 준비하고 배우가 입게 됩니다. 어머니의 유품인 옷을 입지 않으면 안 되는 장면 등은 별도지만, 그것 외에는 상세히 적어 놓은 것은 없습니다. 그것은 현장의 모두에게 맡기고 있습니다.

옛날에 한 사극에서 행간이 좀 있으면 좋겠다고 생각한 장면이 있었습니다. 그래서 '일어서서 창문 쪽으로 감'이라고 지문을 넣어보았어요. 여배우가 극본에 쓰여 있는 대로 성실하게 창문 쪽으로 갔다가 연출가에게 주의를 들었다고 합니다. 그때는 미안한 짓을 해버렸다고 생각했어요. 나중에 연출가에게서 "하시다 씨, 미안하지만 지문은 적지 말아 줘요."라고 면박당한 후, 지문을 쓰는 일은 없었습니다.

하시다 스가코, 천왕 앞에서 노래를 부르다

지금도 믿지 못하지만 2015년 10월에는 '문화공로자'로 선출되었습니다. 드라마 작가로는 처음입니다. 이제 텔레비전 드라마 극본이 문화로 인정받은 것이라서 기뻤습니다. 하지만 그것은 나의 힘이 아닌, 앞에서도 쓴 것처럼 배우가 배역을 맡아주어서, 디렉터나 미술 스태프 같은 제작진들의 힘에 의해 영상이 되어 처음으로 극본이 떠오른 겁니다. 극본의 활자만 가지고는 아무런 형태도 안 되니까요.

그래서 소식을 들었을 때엔 당황했지만, 좀 더 기뻤던 것은 천왕을 뵈었다는 것, 그리고 감히 왕 앞에서 노래를 불렀다는 것이었죠.

내가 아직 경성(현 서울)에 살던 일곱 살 무렵, 지금의 천왕께서 태어나셨습니다.

탄생을 알리기 위해서 사이렌이 울렸는데, 남자아이라면 두 번, 여자아이라면 한 번 울리기로 사전에 정해져있는 것 같았습니다.

사이렌이 울리자 근처의 사람들은 행렬을 만들어 축하의 노래를 불렀습니다. 벌써 80년 전의 일인데도 지금도 선명하게 기억하고 있습니다.

♪해돋이다 해돋이에 울렸다 울렸다 뿌~우 뿌~

사이렌 사이렌 룰루랄라

새벽종까지

천왕 폐하의 기쁨 모두 모두 든 손

기쁜 어머니 왕세자가 태어났다

이 노래를, 아키히토 왕 부부 주최의 궁중 다도회에서 그것도 천왕 폐하 앞에서 부르게 되었습니다. 폐하는 조금 수줍은 듯 싱글벙글 온화한 얼굴로 익살스럽게 들어오셨어요.

다도회 형식은 충분히 고안되어 있어 나오는 요리 한 접시마다 문화공로자의 각 테이블을 천왕가 분들이 돌아다니십니다. 우리 테이블에는 처음으로 마코* 님이 오셔서 수프를 드셨고, 20분 정도가 지나면 이번에는 천왕 폐하 부부가 오셔서 함께 조림을 드시고, 다

* 秋篠宮眞子(1991~). 아키히토 일왕의 첫 손녀.

시 20분 정도 지나면 왕세자 부부가 오시는 방식이었습니다.

나온 요리는 모두 맛있게 먹었습니다. 특히 놀란 것이 감. 세상에 이렇게 맛있는 감이 있었나! 라고 할 정도로 지금까지 먹은 감 중에 가장 훌륭한 맛이었습니다. 요리가 아니라서 요리사분에게는 죄송하지만 저에겐 그만큼 인상적인 감이었던 것입니다.

들어간 방에는 급사 분들이 나란히 서 있어서 아무 생각 없이 그 중 한 분에게 "이쪽의 식사는 '천왕의 요리사'가 만들었나요?"라고 물었죠. 올해 방송된 TBS 드라마의 제목인데 그 드라마를 좋아해서 빠짐없이 보고 있었기 때문이었어요.

옛날부터 내 인생에서 그렇게 기대한 것도 없었지만, 폐하를 뵙게 되고 정말로 인생에는 이런 멋진 '해프닝'도 있구나 하고 생각했어요.

문화공로자를 목표로 하고 일을 해온 것도 아니고, 내 일을 '문화'라고 생각해본 적도 없었습니다. 다만 내가 말하고 싶은 것, 전하고 싶은 것을 무엇을 매개로 표현할까 하던 때에 오페라에서도 무대에서도 좋지만 텔레비전이라면 어느 집에서도 볼 수 있고, 아이부터 할아버지 할머니까지 볼 수 있는, 그런 매체에 그저 반했을 뿐이에요. 그래서 텔레비전 일을 계속해온 것입니다.

많은 사람들이 만들기 때문에 텔레비전은 재미있다

드라마 작가는 많은 사람과 일을 합니다. 중요한 것은 각자 자신을 갖고, 주위와 어떻게 잘해낼 것인가. 많은 사람들 속에서 자신을 얼마나 활용하느냐가 승부니까, 나 하나만 활용하려고 해선 안 됩니다. 주위를 보면서 자신을 활용하는 것을 생각하지 않으면 안 되죠. 그런 처세술은 일을 하는 사이에 몸에 익혔을지도 모르겠어요. 협조하면서 얼마나 자신을 주장할 것인가 라고. '하시다 스가코는 항상 고집을 부려!'라고 생각하는 직원도 있을지 모르겠네요. 하지만 더 이상 고집하면, 오히려 자신의 의견이 통하지 않을 것 같다든가 지금 좀 더 주장해야 된다, 라든가 하는 그런 것들을 몸으로 익힌 것 같은 기분이 듭니다. 그것은 오로지 많은 스태프들과 일을 할 수 있었기 때문에 비로소 가능했지요.

미팅 하나에도 조감독이나 미술 스태프를 비롯해 많을 때는 제작진들이 20명 정도 올 때도 있습니다. 그 안에서 내 생각을 이해시키려면 얼마나 많은 걸 얘기해야 좋을까, 라고 생각합니다.

배우는 "이 대사는 어렵다."고 말하고, 미술 스태프는 "이런 세트는 만들 수 없다."라고 말합니다. 그 가운데에서 얼마나 주장할 수 있을지…. 물러서야 할 것은 물러서고 주장해야 할 것은 주장해야 합니다. 그런 것을 다소 재빠르게 기억해둡니다. 어쩌면 내 의견이 처음부터 순조롭게 통과됐더라면 이런 방법을 몸에 익히지 않았겠지요. 만약 반대하는 사람이 없었다면 나는 좀 더 '좋은 아이'가 되었을지도 모릅니다. 많은 사람들이 있는 가운데 어떻게 주장하면 일이 잘될까, 라고 하는 것은 정말로 힘들었어요.

그런 와중에 나의 의견이 점점 통하는 것 같지만 이게 또 함정입니다. 이런 때가 가장 위험하죠. 독단적으로 변해가니까요. 예를 들면 내 의견에 의문을 갖고 있어도 '하시다의 말을 듣지 않으면 시끄러워진다.'라고 생각하는 스태프가 생길 염려가 있습니다.

언뜻 일이 잘 진행되는 것처럼 보여도, 오히려 프로듀서인 이시이 후쿠코 씨처럼 꼭 뭔가 의견을 말해주는 사람 쪽이 고맙습니다. 잔소리하는 사람의 의견에 귀를 기울이지 않는다는 걸 깨닫는 순간 모두가 입을 닫습니다. 말해주지 않게 되는 거죠. 너무 무섭고 또 제일 싫습니다.

정말 좋은 작품이 될 거라고 생각하고 찬성한다면 상관없지만, 나 자신이 혼란스러울 때 사람들이 "선생님, 좋습니다!" 하고 쉽게 말해버릴 때면 '나란 존재는 도대체 무엇인가?'라고 생각할 때가 있습니다. 그런 때에는 다시 한 번 스스로의 생각을 바로 잡으려고 노력하고 있습니다. '벌거벗은 임금님'은 되고 싶지 않으니까요.

여러 사람 안에서 자신을 주장하는 것은 확실히 어렵지만 즐거운 일이기도 합니다. 기본적으로 나는 고독을 좋아하지만 다른 사람들과 함께 힘을 모으며 하나의 작품을 만들어가는 그런 세계에서 살아올 수 있었던 것이 더할 나위 없이 행복했습니다.

3 일 없이

스기무라 하루코(오른쪽) 씨와, 드라마 「민들레」 시절

아닌 밤중에 홍두깨, '하시다 스가코 은퇴선언!?'

2015년, 인터뷰 요청으로, 한 TV방송에 출연했습니다. 다음날, '하시다 스가코 은퇴선언!'이라고 인터넷에 뉴스가 떴습니다. 바로 이런 걸 '아닌 밤중에 홍두깨'라고 하는가 봐요. 누구보다 놀란 것은 바로 나였습니다.

방송에서는 그 무렵 출판한 책을 소개하는 것이라고 했지만, 뚜껑을 열어 보니 거의 다 나의 '종활' 이야기였습니다.

"요즘 텔레비전은 보기는 해도 쓰고 싶다는 생각은 안 들어요."

"아무것도 아닌 홈드라마가 살아갈 수 없는 시대가 되었다고 생각해요. 그렇다면, 이제 그만둬도 좋다고 생각합니다."라고 취재 중에 확실하게 말씀드렸지만 그 부분만이 오보되어 다음날 인터넷에 퍼진 것 같습니다. "하시다 스가코, 은퇴선언!"이라고.

'은퇴선언'이라니, 난 그렇게 대단한 신분이 아닙니다. 2014년부터 점점 일이 들어오지 않았습니다. 오히려 '잘렸다'고 말하는 게 가깝겠네요.

좀 더 현실적으론 이젠 홈드라마를 만들려는 방송국이 없습니다. 젊은 층을 포함해 모든 층을 확보하기 위해서는 내용이 자극적이지 않으면 시청자가 좋아하지 않는다고 방송국에서 생각할지도 모르죠. 그러나 TV를 보는 사람들이 도대체 누구인가를 생각해보면, 모두가 복잡한 설정이나 자극적인 내용의 드라마를 선호하는 것만은 아니라고 생각합니다.

이렇게 말하는 나는 작가로서 글을 쓰기 시작할 때부터 결심했어요. '살인', '불륜'은 쓰지 않겠다고. 내가 설정한 평범한 시청자로서의 타깃은 30대 이상의 주부층. 그래서 홈드라마를 써왔습니다. 그보다도 나는 그런 것밖엔 쓸 줄 몰랐어요.

내 극본은 긴 대사가 많은 것으로 알려져 있어서 '배우 울리기'라고까지 불렸습니다. 언제인가 확인해보니, 배우 한 명의 대사가 무려 다섯 페이지에 달했던 적이 있었습니다.

이즈미 핀코 씨는, 긴 대사는 그나마 다행이고, 오히려 긴 대사를 말한 상대에게 한 마디로 대답하는 것 같은 대사를 받는 게 싫었다고 합니다. "상대가 열심히 대사를 늘어놓고 있음에도, 내가 한 마디 대사를 틀리면 처음부터 다시 촬영해야 한다는 그런 생각을 하면 오히려 긴장해서 틀려버리죠. 그래서 그런 장면은 싫어요."라고 말했다고 합니다. 요즘은 나이가 들어서인지 "짧은 대사가 더 좋아."라고 말하고 있지만요.

나도 억지로 대사를 길게 쓰는 것은 아닙니다. 물론 배우들을 괴롭히려는 것은 더더욱 아닙니다. 주부층이 타깃인 것도 그 이유 중 하나일 겁니다.

가족이 단란하게 함께 식탁에 모여 TV를 볼 때를 생각해보세요. 남편이 "차 좀~"이라고 해 부엌에 서 있거나, 아이가 쏟은 된장국을 닦을 행주를 가지러 가거나, 반상회 안내문을 든 옆집 부인의 목소리에 급히 자리에서 일어나야 하듯 주부는 언제나 바쁩니다. 그럴 때도 배우가 상황설명까지 대사로 말한다면 잠깐 동안 TV 앞에서 멀어져도 스토리를 따라갈 수 있습니다. 긴 대사는 그 때문에라도 필요한 거죠.

고맙게 생각하는 것은 홈드라마가 적어진 지금도 "「와타오니」는 이제 더 안 쓰세요?"라고 질문 받는 일이 적지 않습니다. 즐겁게 기다려주시는 분도 계신 것 같지만, 지금의 방송국과 나는 어딘지 모르게 시점이 틀어져있습니다.

그런 의미에서, 정말 이제는 홈드라마가 살아남을 수 없는 시대가 되었는지도 모르겠습니다.

마감이 없는 생활을 만끽

35세에 텔레비전 극본을 쓰기 시작한 지 56년, 텔레비전 방송이 시작된 것이 60년 전이니까 내가 텔레비전의 역사와 거의 같은 시기를 작가로 살아왔다고 봐도 무방합니다. 그리고 지금처럼 일에 쫓기지 않는 생활은 처음입니다.

시간을 내 마음대로 다 써도 아무도 불평하지 않습니다. 하루 종일 자도 좋고, 일어나도 좋고, 마감이 없습니다. 지금 바로 하지 않으면 안 되는 것이 없다는 것은 생각 이상으로 태평하고 마음이 편합니다.

일에 쫓기지 않고부터 내가 가장 먼저 한 것은 낮부터 텔레비전을 보는 것이었습니다. 옛날에는 재밌는 드라마를 보고 싶어도 마감에 쫓겨 참을 수밖에 없었습니다. 그러니 이제 마음껏, 이래도 되나 할 정도로 텔레비전에 빠진 생활을 해보자고 한 것이지요.

요전에는 다카쿠라 켄* 씨가 주연을 맡은 영화 「야성의 증거」**(1978년)를 TV에서 보았는데, 타치 히로시 씨가 미쿠니 렌타로 씨의 아들 역(마을을 좌지우지하는 우두머리의 아들)을 연기했습니다. 이 인물은 초라하고 한심한 남자입니다. 혹여 저 모습이 몇 년 후의 타치 히로시 씨가 되는 건가…, 라고 생각하면서 보는 것 또한 재밌습니다.

다카쿠라 켄 씨와 미쿠니 렌타로*** 씨를 필두로 나츠야기 이사오 씨, 하나 하지메 씨 등 「야성의 증거」에 출연했던 배우들도 많이 돌아가셨습니다. 당시 소녀 역으로 출연한 야쿠시 마루 히로코 씨도 벌써 50세가 넘었어요. 그러니 나도 나이를 먹는 것이 당연하겠죠.

텔레비전에 빠진 생활이라 해도, 보는 것은 오로지 영화나 재방송 드라마입니다.

일하는 것과 달라서일까요. 두 시간짜리 미스터리 드라마를 보는 것도 매우 좋아해서 낮 시간대의 드라마에 빠져있습니다. 살짝 비평하자면 요즘에는 설정부터가 복잡해서 비틀기가 너무 많이 들어

---

* 高倉健(1931~2014). 일본을 대표하는 영화배우. 「역」, 「철도원」, 「호타루」 등 다수의 영화에 출연했다.

** 1978년 개봉한 모리무라 세이지의 원작소설을 극화한 영화.

*** 三国連太郎(1923~2013). 일본을 대표하는 영화배우. 「맨발의 겐」, 「이누가미 일족」 등 다수 출연.

간 것 같습니다. 예전의 미스터리 드라마는 단순히 인정에 끌리는 이야기들이었어요. 미스터리에만 국한된 게 아니었죠. 지금의 드라마는 좀 어려워서 거의 안 보고 있습니다.

최근의 것이고 매주 빠짐없이 보던 드라마는 TBS 일요극장 「천황의 요리사」와 「변두리 로켓」 정도일 겁니다. 작은 마을의 공장과 대기업 간에 벌어지는 이야기인데, 손에 땀을 쥐게 하는 스토리 전개에 눈을 뗄 수가 없었습니다. 역시 인정이란 것은 어떻게 해도 작은 마을의 공장을 응원하게 돼버리죠. 정말 빠져들 것처럼 봤어요. 이런 드라마를 나는 쓸 수 없지만 즐겁게 잘 보았습니다.

드라마를 좋아하는 방송국 직원이 줄고 있다?

요즘 텔레비전을 보며 생각나는 것은 정말 드라마가 좋아서 어쩔 줄 몰라 하는 진짜 '텔레비전맨'이 감소하고 있는 것은 아닐까 하는 의문입니다. 어떤 프로그램을 어떤 목적으로 만들고 싶은가에서 그 이면에는 어떤 것을 안방의 시청자 모두에게 전해주고 싶다고 생각하는가. … 그런 제작진의 '생각' 같은 것이 빠져버린 것 같은 느낌입니다.

전하고 싶은 내용이 우선이 아니라 시청률에만 관심을 둡니다. 또는 제작진에서 만들고 싶은 것이 있어도 그것을 회사가 허락하지 않을지도 모르겠습니다.

그래서 한 프로그램이 히트를 치면 어느 방송국이나 '우로나란

히(みぎへならえ)'* 하며 똑같이 줄을 서고 맙니다.

옛날과 비교하면 드라마 편성도 많이 줄었습니다. 대신 예능 프로그램이 증가했다고 합니다.

더구나 예산도 삭감되고 해서 베테랑 배우를 기용하지 못하고, 드라마에 깊이가 사라졌다고 하는 면도 있겠지요. 하지만 오랫동안 알고지낸 프로듀서인 이시이 후쿠코 씨는 예산이 들어도 매번 "이 사람!" 하고 정해놓은 배우를 캐스팅합니다. 그게 또 용서가 됩니다.

처음부터 이시이 씨가 담당하는 드라마는 적자를 내지 않습니다. 시청률 운운하기 전에 원고를 빨리 넘기지 않는 작가와는 일을 하지 않으니까요. 원고의 완성이 빠르면 경비가 절감됩니다.

예를 들면 「와타오니」의 극본이 5회분까지 정리되었다면 오카쿠라가(家)의 세트를 세우고 오카쿠라가의 장면을 5회 분량 정리해서 촬영할 수 있습니다. 그런데 원고가 늦어서 1회밖에 되지 않으면 1회만 촬영하고 세트를 허물고, 다음 극본이 나오면 또 세트를 세우고 허무는 것을 반복하지 않으면 안 되죠.

나는 극본을 완성하는 것이 빠른 것만큼은 옛날부터 유명했어요. 그래서 원고는 좀 떨어져도 적자를 내지 않는 작가로서 일을 의뢰받게 된 것이라고 생각합니다.

드라마 작가라 해도 십인십색. 그중에는 붓이 늦어서 유명한 분

---

* 원래는 군사용어지만 옆 사람을 무비판적으로 흉내 내는 것을 비유하는 관용구.

도 있지만 그것은 완성된 원고가 훌륭하기 때문에 용서가 되는 것이고, 만약 원고가 늦었다면 이류인 나는 벌써 잘렸을 거라고 생각합니다.

첫 여성 시나리오 작가, 야단 법석하게 들어간 '쇼치쿠' 영화사

그러면 이류인 내가 왜 작가의 길로 들어섰을까, 입니다. 이야기는 지금부터 70년도 더 전으로 돌아갑니다.

내가 와세다대학 예술과 2학년 일 때, 영화사 쇼치쿠*에서 시나리오 연구생을 모집하고 있었습니다. 그것을 알려준 이는 후에 영화감독이 되어 시나가 사유리 씨 주연의 영화「사랑과 죽음을 바라보다」를 찍은 동급생인 이토 오부이치 씨. 통칭 '부잇짱'입니다.

부잇짱에게 쇼치쿠의 연구생 모집 소식을 들은 것이 뜻밖의 인생 전환점이 되었고, 내가 작가 인생을 시작한 계기가 되었습니다.

그 시절 나는 희곡을 쓰기 위해서, 극작가이며 시나리오 작가인 히사이타 에이지로 씨의 학원에 다니고 있었고, 내 멋대로 와세다

---

* 松竹. 도호, 도에이와 더불어 일본 3대 영화사 중 하나.

대학에 입학한 이유로 부모와 의절한 상태였지요. 때문에 학비를 아르바이트로 마련하고 있던 나에게 쇼치쿠 영화사 이야기는 안성맞춤이었지요.

영화사에서 시나리오 작성법을 가르쳐주고, 게다가 월급까지 주겠다는 조건이었습니다. 이런 기회를 놓칠 수 없어! 라고 생각하고 부잇짱과 함께 시험을 보러 갔습니다.

가보니 놀라웠습니다. 시험장인 오오후나 초등학교에 무려 1,200명의 지원자가 몰려든 것이었습니다. 필기시험에 도전하는 것도, 지금까지 영화에는 거의 관심이 없던 나에게 발성영화인 「아담과 아내」라는 제목도 뭐가 뭔지 얼떨떨했죠.

다행히도 시험 감독을 알고 지내던 부잇짱이 모든 답을 알려주었어요. 완전한 컨닝으로….

다만, 곤란했던 건 'TKO란 무엇인가?'라는 마지막 문제였죠. 이 문제만큼은 영화를 좋아하는 부잇짱도 몰랐습니다. 거기서 내가 짜낸 답이 'TOYOKO'.* 나중에 둘이 배꼽을 잡았어요. 정답은 '테크니컬 녹아웃'입니다. 지금 생각해도 너무한 답이네요.

하여간, 부잇짱 덕분에 24:1의 경쟁률을 뚫고 멋지게(?) 채용된 50명 안에 들어갈 수 있었습니다. 그 후 1년 간의 양성소 연수기간을 거쳐, 최종적으로 쇼치쿠에 입사가 허락된 사람은 여섯 명. 그

* 도요코센. 도쿄 시부야에서 요코하마까지 연결된 전철 노선.

안에 홍일점인 내가 들어간 것은 바로 기적. 놀라움밖에는 없었습니다. 그게 1949년의 일이었어요.

그런데 기쁨도 잠시. 여기부터가 지옥의 시작이었습니다. 어떤 세계에서도 같겠지만, 그때까지 관례 없던 길을 가려면 적지 않은 험한 시련이 기다리고 있습니다. 저도 예외는 아니었죠.

'쇼치쿠 첫 여성 시나리오 라이터!'라며 요란하게 들어갔으니까, 입사 당시는 진기함과 신선함에서 주간지나 신문의 인터뷰를 받는 것도 여러 번. 인기가 있어서 조금이라도 교만한 마음이 없었다고 말하면 거짓말일 겁니다.

지금이라면, 주위 사람들도 필시 당황했을 거라고 상상할 수 있습니다. 제가 쇼치쿠 첫 여성 시나리오 작가라면 주위의 남성사원도 여성 시나리오 라이터와 함께 일하는 것은 처음해보는 경험. 어떻게 대해야 할지, 처우 등에 골치를 앓기도 했을 겁니다.

사실, 내가 입사하면서 당직 때는 일부러 여성 전용 방을 따로 준비해주기도 했습니다. 하지만 거기까지. 당시에 나는 감사하기는커녕 지금과는 비교조차 안 될 만큼 남녀 차별의 두꺼운 벽에 둘러싸여 있었습니다. "여자가 정사장면을 쓸 수 있냐고!", "왜 여자 시나리오 작가 따위를 입사시켰어!" 등의 말을 듣는 것은 일상다반사. "작가가 많은데, 왜 여자 작가랑 일하지 않으면 안 되는 거야!"라며 아무런 망설임도 없이 나를 회피하는 연출가나 감독도 있었습니다.

물론 나는 이런 취급을 받고 가만히 있는 성격이 아닙니다. 그러기는커녕 납득할 수 없는 일이 주어지면 감독에게도 따져 물었죠. 함께 일하는 동료가 몇 번이나 말렸습니다. "하시다, 그만 해. 감독한테 무엇을 말해도 소용없어. 잠자코 말하는 걸 듣고 있으면 된다고."라고.

그 시절, 나 같은 말단의 일은 선배가 쓰는 것을 도와주는 것입니다. 신인에게 배정된 장면의 초안 쓰기가 끝나면 작가 선생님에게 보이고 좋은 곳은 그대로 쓰고 안 좋은 곳은 수정하라는 지시가 내려오죠. 개중에는 제자에게 모두 쓰게 하고, 원고료는 자신이 다 가져버리는, 마치 사극에 나오는 탐관오리 같은 작가도 있어서, 그것만은 안 된다고 생각했습니다. 이 나이 되도록 제자를 한 사람도 둔 적이 없다는 것도 이러한 경험이 영향을 주고 있는지도 모르겠네요.

여성에게 차가운 영화의 세계

처음에 교토촬영소에 배속된 나는 교토촬영소의 관례로 신인 세 명이 각본가 선생님 댁으로 심부름을 갔습니다. 시나리오부의 두 남자 동료는 일이 끝나면 각본가 선생님과 한 잔 하면서 영화 이야기로 꽃을 피웁니다.

한편 여자인 나에게는 으레 술 따르기나 차 심부름 차례가 돌아옵니다. 설거지나 부엌 청소, 심지어 개 산책까지 시키는 상황. '내가 쇼치쿠에 들어온 것은 이렇게 개 산책을 시키기 위한 게 아니야! 각본을 쓰기 위해서야!'라고 생각하니 한심하기도 하고 분하기도 했어요.

그만 분한 마음에 개를 살짝 걷어찼더니, 다음날 나를 본 개가 짖어대는 겁니다. 그런 모습을 발견한 각본가 선생님의 부인이 "당신, 우리 집 개를 괴롭힌 건가요?"라고 말해서 그대로 제자 일을 잘리고 말았습니다.

잘려도 괜찮았어요. 오히려 시원하다고 말하는 게 솔직한 마음이었지만 스승 없는 독불장군에게 일이 들어올 리 없고, 언제 올지도 모르는 일을 집 전화기 앞에서 기다리게 되고 만 것입니다.

3년을 교토에 있고, 그 후에는 오오후나로 전근했습니다. 그래도 쇼치쿠 시절에는 여러 편의 작품을 맡을 수 있었습니다. 자주 인터뷰에서 "처녀작은 무엇입니까?"라는 질문을 받습니다. 젊은 시절에는, 자신도 피폭되어 중상을 입었으면서도 다른 피폭자를 위해 동분서주하는 의사 나가이 타카시를 그린 「나가사키의 종」(1950년 9월)이라고 답했지만 사실은 거짓말. 각본을 돕고 공동제작 형태로 타이틀 크레디트에 오른 최초의 작품은 성교육을 주제로 한 「새 아내의 성전」(1950년 7월)이었어요. 잡지 『평범』에 연재된 소사 노부 씨의 원작을 각색한 「새 아내의 성전」은 첫 번째 작품 「처녀의 성전」과 함께 '성전(性典) 시리즈' 중 하나입니다. 그렇게 부끄러운 내용은 아니지만, '새 아내'와 '성전'이 나란히 있으니, 이래저래 제목에 대한 평판이 부끄러웠습니다. 그래서 나는 두 번째 공동제작이었던 「나가사키의 종」을 처녀작으로 대답한 겁니다.

그 후 보조가 아닌 제대로 쓸 수 있었던 기회는 한 번인가 두 번 있었다고 생각합니다. 하지만 내가 쓴 각본의 영화가 완성되었다고 들었을 때의 기쁨은 말할 수 없었지만, 뚜껑을 열어 보니 역시나 뒤집혀 있었어요. 시사실에서 본 작품에 어안이 벙벙했습니다. 내가 쓴 대사는 한 줄도 쓰지 않았더군요. '도대체 누구의 작품?'으로 하고 착각할 정도로 형태도 없었어요.

영화의 세계는 촬영 현장에서 감독과 배우와의 대화 속에서 대사가 확 바뀌는 것도 그렇게 드문 일이 아닙니다. 여성 차별을 견디면서 겨우 각본가다운 일이 생겼다고 생각했는데, 각본가로의 길은 훨씬 먼 것이었어요. 이번에야말로 영화의 세계에 몹시 정나미가 떨어졌습니다.

결국 쇼치쿠에 10년 재직하고 각본부에서 잘려 비서실로의 이동을 통보 받은 것을 계기로 회사를 그만두었습니다.

그러면서 "여자니까…"라고 질책을 들어온 지난 10년 간을 돌이켜보았죠. 그래서 '여성밖에는 쓸 수 없는 각본을 쓰자. 여성만이 가지고 있는 감성을 살리고 살리자.'라고 생각했습니다. 거기에 여성이 사회에 진출하는 의의가 있지 않은가, 라고.

텔레비전의 세계에 매료되었다

쇼치쿠에서 퇴직한 것은 1959년. 그 무렵 일본은 막 「3번지의 석양」*의 세계 바로 그 자체였습니다. 1958년에 도쿄타워가 완성되고, 1969년에는 컬러텔레비전 본 방송이 시작되었습니다. 세상은 마침 텔레비전의 여명기. 1959년에 왕세자 전하(지금의 일왕)의 성혼과 1960년의 도쿄올림픽도 순풍이 되고 점차 각 가정에 텔레비전이 보급되었습니다.

나도 분위기에 휩쓸려 왕세자 전하의 성혼 퍼레이드가 보고 싶어서 큰맘 먹고 텔레비전을 샀던 것입니다. 그때까지는 보고 싶은 것이 있으면 현지에 가지 않으면 안 되었고, 영화는 영화관에서만 볼

---

* 1950년대 말 도쿄 변두리를 배경으로 한 사이간 료헤이의 만화. 2005년, 이를 원작으로 만들어 히트한 영화가 「올 웨이즈 3번가의 석양」

수 있었지요. 하지만 텔레비전이 있으면 제가 사는 다다미 여섯 장 넓이의 아파트에서도 성혼 퍼레이드를 볼 수 있었고, 너무나도 충격적인 경험이었습니다. 그리고 직감했습니다. 이제부터는 텔레비전의 시대다, 라고.

그때부터, 영화의 세계를 단념했던 내가 다음 활로를 찾으려고 한 것이 이 텔레비전의 세계. 지인의 지인 또 그 지인이 방송사에 근무하고 있다는 가느다란 거미줄 같은 연줄을 믿고 극본을 쓰기 시작했습니다.

연출가의 책상에는 신출내기 작가의 원고가 수북하게 쌓여 있습니다. 먼저 어떻게든 원고를 읽어주지 않으면 아무것도 시작되지 않습니다. 고육지책으로 짜낸 것이 붉은 리본. 원고가 담당자의 눈에 띄게 원고지를 붉은 리본으로 철을 했던 것입니다.

팔고 팔아도 생각처럼 결실을 맺지는 못했지만, 항상 일에 쫓기고 있다는 느낌이 따라붙게 된 것은 이때부터. 초조함이 앞서서, 어쨌든 원고를 마구 갈겨썼습니다.

당시의 방송계는 영화인들로부터 상당히 아래로 취급받았어요. 영화에서 텔레비전으로 넘어갔다고 험담을 들은 것 같습니다. "저 녀석도 마침내 떨어져나갔군." 하고.

고마운 것은 영화와 달리 남녀 차별을 받지 않았다는 것. 텔레비전이 여명기였던 탓도 있는지 남자도 여자도 따로 없었어요. 모두 함께 노력한다는 기운이 감돌았죠. 그래서 당시 여성 시나리오 작가들이 많이 들어왔습니다.

겨우 내 극본에 손을 들어준 것은 3년 정도 지났을 무렵입니다. 「부부의 백경」이라는 드라마였어요. 영화에서는 흔적도 없이 바뀌어버린 대사가 텔레비전에서는 내가 쓴 그대로 나왔죠. 나는 완전히 텔레비전의 세계에 매료돼버리고 말았습니다.

일이 없는 '꿈' 같은 삶

서서히 일이 들어오게 되자 마감에 쫓기는 날들이 찾아왔습니다. 드라마 쓰는 일을 하나 끝내자마자 받아놓은 다음 드라마 일로 머릿속이 가득하고, 책상에 앉아 있지 않을 때에도 온종일 드라마만 생각하고 있었습니다. 시나리오 작가를 꿈꾼 날부터 마음이 쉴 수 있는 날은 없었어요.

그런 생활이 60년 가까이 이어졌기 때문일까요, 갑자기 일 의뢰가 끊겨서 일정이 뻥하고 비었을 때 이보다 행복한 것은 없었습니다. 나에겐 마치 인생의 마지막에 받은 뜻밖의 '선물' 같은 시간이었어요.

물론 젊었을 때라면 일이 없는 것이 초조하게 느껴졌겠지만, 나이가 들어서일까요, 일없이 몇 개월이 지나도 초조함은 없었습니다. 몸이 약해지면 일을 하는 것도 성가시게 될 거라고 생각했더니, 방송국 사람들은 이렇게 말하네요. "하던 일을 안 하니까 몸이 약해졌어."라고. 이건 '달걀이 먼저냐, 닭이 먼저냐'와 같아서 어느 쪽이 먼저인지는 알 수 없는 것이겠지요.

생각해보니 방송 일을 시작한 뒤로 나의 수면 시간은 거의 매일 네 시간 정도. 항상 새벽 두세 시에 자고 아침 일곱 시에 일어나는 생활. 낮에는 일에 쫓겨 낮잠을 거의 못잡니다. 아무 생각 없이 푹 하고 자본 기억이 없어요. 그 무렵의 수면부족을 되찾은 것일까요. 요즘은 평생 분량의 잠이 한꺼번에 쏟아져오는 느낌입니다.

점심에 재방송 되는 미스터리 드라마를 보면서 깜박 선잠에 빠질 때도 있어요. 그래서 "어라? 범인은 도대체 누구였을까?"라고 할 때가 많아졌습니다. 요리나 청소는 가정부가 다 해주니까 안 하고는 못 배기는 것도 없습니다. 이렇게 무엇에도 속박당하지 않고, 아무것도 하지 않는, 그런 생활이 나에게 꿈만은 아니었던 거지요.

아무것도 안 하고 멍하니 있을 수 있고, 아무리 자도 태연한 삶. 언젠가 싫증이 날지도 모르지만, 아직은 이 삶을 만끽하고 싶어요. 당분간은 즐길 수 있다고 생각하고 있습니다.

4 친구 없이

이시이 후쿠코(왼쪽) 씨와 1965년 홍콩에서

나이가 들면 친구가 있는 편이 좋다?

요즘 세상에서는 '친구를 만들어라.', '혼자서 밥 먹으면 안 돼.' 라고 말하죠. 그러나 누군가와 식탁에 같이 앉으면 어쩔 수 없이 상대를 신경 쓰면서 먹게 되니까, 나는 텔레비전 보면서 혼자 밥을 먹는 게 즐겁고 편합니다.

내가 생각해도 어린아이 같은 말이지만 혼자라면 밥 먹기 전에 과자를 먹어도 누군가에게 혼날 일도 없고 정말 자유롭죠. 실제로 귀찮아져서 근처에 있던 과자로 저녁을 때웠더니, 다음날 아침에 온 가정부가 어이없어 하기도 합니다. "선생님, 어제 저녁엔 뭘 드셨어요?"라고. 나 자신도 그렇게 칭찬 받을 일은 아니라고 생각하지만, 이젠 91세. 인생이 길게 남아 있지 않으니, 하고 싶은 대로 마음껏 지내고 있어요.

나는 원래 친구가 많지 않습니다. 학교 때도 친구를 별로 사귀지 않았고, 적극적이지도 않았습니다. 어릴 적 즐거움을 말하면 집에서 혼자 『킹』을 읽으며 지내는 것이었습니다. 『킹』은 소설, 강좌, 웃기는 얘기들이 실린 어른용 종합오락잡지였는데, 글 사이에 만화나 사진이 많이 들어있고 교과서나 어린이가 보는 책과는 달라서 신선하게 느껴졌어요. 한 권의 책 속에 가지각색의 요소가 들어있어 아이들의 마음에 매력적으로 비춰진 거지요.

친구를 만들지 않았다기보다는 친구관계가 번거로웠다고 말하는 편이 좋을지 모르겠네요. 함께 놀면 괴롭힘을 당하거나 비위를 맞춰야 할 때도 있습니다. 친구라는 것은 귀찮은 거라고 어릴 때부터 생각하고 있었습니다.

지금도 이른바 끈적끈적한 친구관계는 정말 싫어서 길게 전화를 하거나 매번 함께 밥을 먹으러 가는 친구는 여전히 없습니다. 그래서 일이 없을 때는 아타미의 집전화가 울리는 날이 거의 없어요. 너무 조용하지만 나에게는 무엇보다도 쾌적하기 이를 데 없습니다.

일할 때엔 좀 달라서, 관계자의 부인하고도 인사하고 지낼 정도로 알고 지내지만 일이 끝나고 나면 가깝게 만난다거나, 혹은 내가 쓴 극본의 무대연습이나 스튜디오에도 발걸음을 하지 않아요. 연출자와 지나치게 가깝게 지내면 배역의 성격이 배우의 사람됨에 의지해버리는 것 같은 기분이 듭니다.

세상에서는 이즈미 핀코 씨와 자주 어울린다고 생각하는 것 같지만 같은 아타미에 살고 있는 그녀와도 평소에 왕래가 없습니다. 핀코 씨도 마찬가지로 귀찮고 번거로워 해서 서로에게 무슨 일이 있으면 걱정해주지만 끈적끈적한 사이는 아니죠. 그 정도의 거리감이 딱 좋습니다.

「와타오니」에 나왔던 다른 배우들과도 거의 같습니다. 2대째 오카쿠라 다이키치 역의 우츠이켄 씨와도 친하게 지냈지만, 밥을 먹으러 가는 일은 좀처럼 없었어요. 다이키치의 누이 모리야마 타마코 역의 모리 미츠코 씨의 권유를 받았을 때 가끔 밥을 먹는 정도, 그것도 대부분이 프로듀서인 이시이 후쿠코 씨와 함께였어요. 어쨌든 일 이외의 만남은 별로 좋아하지 않았습니다.

그런 의미로는 사람 만나는 것을 좋아하는 이시이 씨와 나는 정반대의 성격입니다. 사람들은 곧잘 "하시다 패밀리!"라고 부르지만, 나한테 물어보면 "이시이 패밀리!" 혹은 "도깨비 패밀리!"라고 부를 거예요. "하시다 패밀리"는 사실 존재하지 않으니까요.

시원한 관계의 여행 친구들

애초에 끈적끈적한 사이가 불편한 나에게 여행에서 만난 친구들과의 거리감이 최적입니다.

여행이 끝나면 거의 만나는 일이 없지만, 다시 함께 여행을 떠날 때는 마음을 터놓는 친구로서 모일 수 있어요. 거리감이 절묘하죠.

여행을 시작한 것은 스물다섯 살 정도 때, 스무 살에 종전을 맞아서인지 여행을 떠나고 싶어서 근질근질했습니다. 30대 때에는 쇼치쿠에서 따돌림을 당해서 한가한 시기도 있었기 때문에 북쪽의 홋카이도에서 남쪽의 큐슈까지 늘 여행을 떠났습니다.

지도를 펴고 아직 내가 가보지 않은 곳, 타보지 않은 철도를 찾아 그곳으로 떠납니다. 확실한 조사도 하지 않고 기차를 갈아타고 또 갈아타며, 자유롭게 마음대로 여기저기로…. 당시 나의 여행 스타

일은 언제나 이런 식이었어요. 지금 생각해보면, 선입견이 없는 것이 좋았는지도 모르겠어요. 다다른 곳은 어디라도 신선했어요. 여행을 갈 때마다 가지각색의 발견으로 넘쳐났어요.

당시, 내가 신세를 졌던 곳은 전국 각지의 유스호스텔입니다. 요즘 사람들은 유스호스텔이라고 말해도 별로 친근감이 없는 것 같지만 젊은이들을 위해 가볍게 숙박할 수 있는 곳으로 침낭 같은 요를 가져가면 놀라울 만큼 싼 가격으로 식사와 숙박이 가능한 곳입니다.

보다시피 젊은 여성 혼자의 여행이 드물었던 시절. 자살이나 사건을 경계해서 여관에서 숙박을 거절하는 경유가 많았기 때문에 유스호스텔은 바로 여행의 구세주. 게다가 일반적인 숙소보다 싸서 가난한 나에겐 안성맞춤인 숙소였어요.

지금으로부터 약 5~60년 전의 유스호스텔에는 학생 또는 사회인이 된 지 얼마 안 되는 사람들이 모여 들어서 그중 연장자인 내게 붙은 별명은 '엄마'였어요. 잘 보살펴준다는 의미겠죠. 얼마 안 되어 시나리오 작가라는 걸 알고는 인생 상담을 받으려는 횟수가 점점 늘어났습니다.

유스호스텔에는 학생도 있었지만, 컨베이어벨트에서 자동차의 조립 볼트만 조이는 일을 하는 청년도 있었습니다. 암시장에서 일하고 있다는 아이도, 꼬치구이 가게 아저씨도. 그런가했더니 국회

의원의 아들도 있습니다. 모르는 세계의 사람과 알아 가는 것도 즐거움의 하나가 되었고, 유스호스텔에서 만난 그들과 자주 한밤중까지 이야기를 나눴습니다.

1962년, 첫 해외여행도 유스호스텔협회 주체의 투어였습니다. 그런데 목적지는 오키나와. 당시엔 아직 미국의 통치하에 있던 오키나와에 가기 위해서는 여권이 필요했습니다.

이 오키나와 여행에서 잊을 수 없는 만남이 있었죠. 유스호스텔의 동료와 그룹으로 참가하는 이번 여행에 다케이 노부코 씨라고 혼자 여행 온 20대 여성이 있었습니다. 젊은데도 배짱이 있네, 라고 묘하게 감탄했던 기억이 있습니다. "혼자는 위험하니까 우리 그룹에 들어오지 않을래?"라고 말을 걸자, "혼자가 좋으니까."라고 말합니다. 너무나 시원스럽고 이야기 해보니 어딘지 마음이 맞아서, "모처럼 오키나와에 왔으니까 미국 호텔에 같이 숙박해보지 않을래?"라고 권유해봤죠. 둘이서 설레는 마음으로 들어가 보니, 그게 또 허술하고 지저분한 호텔이었어요. 그냥 넓은 방에 침대하나가 놓여있을 뿐, "두 번 다시 저런 곳에서 머물고 싶지 않아." 상의해서 호텔을 뒤로 했지만, 이것이 내가 처음 숙박한 서양식 호텔이 되었어요.

그녀에게 호감을 느낀 나는, 같은 유스호스텔의 동료였던 일본대학 치과대 남학생에게 소개해주고 결국 결혼까지 하게 해주었죠.

그의 어머니가 유치원을 경영하고 있고, 그녀는 보육교사 자격증을 갖고 있어서 둘의 중매를 주선해주었던 것. 유스호스텔의 동료 외에도 그 남자를 노리던 애들이 많아서 나중에 꽤나 원망을 들었지만요.

지금도 그녀는 그것을 은혜로 알고 크루즈 세계일주 여행에도 따라와 줍니다. 정말로 소중한 여행 동료입니다.

확실하게 나에겐 일상적으로 놀러가거나, 자주 전화하는 친구는 없습니다. 하지만 고맙게도 유사시에는 만날 수 있는 친구들에게 둘러싸여 있어요. 그래서 꼭 외롭지만은 않은 것 같습니다.

이시이 후쿠코 씨 덕분으로 TV 드라마 작가가 되다

프로듀서인 이시이 후쿠코 씨도 내게 있어서는 빠질 수 없는 존재입니다. 이시이 씨는 특별한 분으로서 친구라고 말하기엔 좀 다릅니다. 오히려 자매나 가족에 가까울지도 모르겠네요. 참으로 불가사의한, 강한 유대감으로 연결되어 있는 분이라고 생각합니다.

평소에 함께 있는 것 같은 친구는 아니지만 가장 신뢰하고 있고, '싸우는 일이 있더라도 절대로 서로를 배신하는 일은 없다.'라기보다는, '만약 배신하고 싶은 상황이 생기더라도 절대로 배신할 수 없는' 그런 깊숙한 곳에서 연결돼 있는 것 같은 느낌이 듭니다.

이시이 씨와 만난 건, 내가 서른일곱 살 때쯤. 쇼치쿠 영화사를 그만두고 3년 정도 지났을 때였습니다.

그 당시 '도시바 일요극장'*은 자주 보았지만, 프로듀서로 일하던 이시이 씨에 대해서는 잘 알지 못했어요. 방송국 로비에서 지나친 적은 있어도, 눈을 마주치는 일조차 없어서 뭔가 크고 무서운 것 같은 인상이었어요. 나중에 이시이 씨로부터 "마주쳐도 누군지 모르는 건 실례라서, 아래만 보고 다녔다."라는 말을 듣고, 그랬었구나 하고 납득할 수 있었지만요.

그 이전엔 어쨌든 '도시바 일요극장'의 PD란, 나에게 있어서 구름 같은 존재였어요. '도시바 일요극장'은 일류 작가와 배우가 출연하는 나에겐 꿈의 프로그램이었습니다. '기쿠치 간 상'도 수상한 바 있었죠, 평생 한 번이라도 좋으니 일요극장 극본을 써볼 수 있으면, 하고 생각했습니다. 이시이 씨는 그 도시바 일요극장의 PD로 당시에도 드라마를 100편 정도 촬영하고 있어서 방송계에 그 이름을 떨치고 있었습니다.

한편 나는 당시 TBS에서 방송되고 있던 조사1과의 형사가 활약하는 「7인의 형사」에 극본을 팔려고 필사적이었습니다. TBS의 「어머니」라는 드라마에서 극본을 채용해준 디렉터가 「7인의 형사」도 담당하고 있었기 때문에 어떻게든 채용해주지 않을까 하고 생각했죠. 「7인의 형사」에는 10편 중 3편 정도가 채택되는 방식으로, 전부

---

* TBS에서 일요일 오후 방송했던 도시바 전자 제공의 드라마. 2002년부터 일요극장으로 변경되었다.

해서 6편 정도가 사용되었습니다. 그 디렉터가 이번엔, '도시바 일요극장'을 담당하게 되어 나에게 얘기가 왔던 것이죠. 정말 꿈만 같았죠. 거기서 이시이 씨와의 첫 대면을 이루게 되었습니다.

'대단한 사람과 만난다!'고 긴장하던 내게 이시이 씨는 "당신이 좋아하는 것을 쓰세요."라고 말했습니다. 그때 기회를 놓치지 않고 "홈드라마라도 좋겠죠?" 하고 물었습니다.

왜냐면, 난 자신 있었어요. 남편이 받는 월급의 반은 주부의 생활비라고 생각했고, 그걸 테마로 쓰고 싶어서 계속 구상해왔거든요. 그래서 탄생한 것이 「봉투를 건네면」(1964년1월 26일 방영). 원고를 읽은 이시이 씨는 "재밌다! 지금까지 '도시바 일요극장'에 이런 이야기는 없었어!"라고 말했지요. 생활비 문제로 부부가 옥신각신한다는, 어떤 이벤트도 없는 극히 일상적인 이야기지만 당시에는 파란만장하지 않은 이런 홈드라마는 거의 없었어요. 그래서 이시이 씨에게는 특별한 일이 아무것도 일어나지 않는 첫 홈드라마였던 것이죠.

단지, 칭찬의 말과 동시에 엄한 충고도 정 떨어질 만큼 들었어요.

"이 대사 자기가 말 해봐요. 당신은 멋있다고 생각하지만 보통 이런 말을 쓰나요?"라고.

그도 그럴 것이 그때까지 내가 있던 영화의 세계에서는, 보통의 회화보다 한 옥타브 높은 대사를 쓰는 게 당연했습니다. 말하자면, 현실감 없는 대사가 좋아보였어요. 영화계에서는 "대사를 씻는다."라고 말하지만, 오히려 이것은 영화의 장점이기도 했습니다.

「동경 이야기」, 「꽁치의 맛」 등 오즈 야스지로* 씨와 함께 작업한 노다 고고** 씨도 하나의 대사를 씻고, 씻고, 더 씻어서 이래도 야! 할 만큼 씻어 고쳐 겨우 완성시켰습니다. 그렇게 쓰는 방법으로 훈련해왔기 때문에 이시이 씨로부터 "좀 더 써 넣어주세요.", "말하는 것처럼 써요."라고 말을 들었습니다.

완성된 「봉투를 건네면」은 야마우치 아키라 씨와 카가와 교코 씨 주연으로 방영되었습니다. 이시이 씨에게 호되게 야단맞았지만, 덕분에 나는 완전한 텔레비전 극본가로서 피를 바꿀 수 있게 되었죠.

다만 하나, 나에겐 지금도 후회하고 있는 것이 있습니다. 「봉투를 건네면」 극본이 채택되었을 때, 원래 이시이 씨를 소개해준 디렉터가 하차하고 말았다는 것. 내용이 홈드라마였던 이유로 형사 드라마를 찍고 있는 디렉터와는 맞지 않는다는 이시이 씨의 판단에서 비롯되었죠.

나중에 생각하니, 비록 결과가 어떻든 이시이 씨에게 반박해야 했어요. 그 디렉터에게 못된 짓을 해버린 것이 마음에 걸려서 「7인

---

* 小津安二郎(1903~1963). 영화감독.

** 野田高梧(1893~1968). 시나리오 작가. 「만춘」부터 「꽁치의 맛」까지 오즈 야스지로와 함께 작업했다.

의 형사」에는 두 번 다시 극본을 파는 일은 없었습니다.

게다가, 얼마 되지 않아 '살인'과 '불륜'은 쓰지 않겠다고 정했기 때문에 어쨌든 「7인의 형사」와는 연이 없었던 것이죠.

흔들리지 않는 이시이 씨와의 관계

「봉투를 건네면」의 극본을 채택해줬다고, 한 번 써준 정도로 날아올라갈 만큼, 나도 마음이 편한 것은 아니었습니다. 이시이 씨와의 일도 이걸로 끝일 거라고 생각했어요. 그런데 생각지 않게 이시이 씨가 "이 극본 써보지 않을래?" 하면서 책을 주었습니다. 그것이 「사랑과 죽음을 바라보다」였습니다.

기쁘게 받았지만 여러 가지로 써 넣는 사이에 알고 보니 한 시간 드라마 편성 안에 들어가기 어려운 분량이 되고 말았어요.

예상대로, 이시이 씨에게 잔소리를 들었죠. "당신도 알다시피 도시바 일요극장은 한 시간짜리야. 이렇게 길면 한 시간 안에 끝나지 않아."라고.

그런 것은 말하지 않아도 알고 있었습니다. 하지만 어떻게 해도 그 이상 줄이는 것은 불가능했죠. 그래서 각오하고 "난 더 이상 짧게 쓸 수 없어요. 안 된다면 하차시켜주세요."라고 말하고 말았습니다. 다른 방법이 없잖아요. '에잇! 이걸로 안 되면 이시이 씨와의 친분이 끝나도 괜찮아.'라고 마음을 먹었습니다. 그리고 얼마 지난 뒤에 이시이 씨가 "역시, 당신 극본의 분량 정도는 필요해요."라고. 그래서 도시바 쪽에 두 시간 분량으로 촬영하자고 교섭했지만 그쪽에선 쌀쌀맞은 대답뿐. 그러나 여기부터가 이시이 씨의 대단한 점입니다.

당시엔 내셔널이 100분짜리 드라마 편성을 갖고 있어서 "그렇다면 내셔널 쪽에 이 극본을 가지고 가죠."라며 도시바에 큰소리를 쳤던 겁니다. 결국 마지못한 도시바가 굽혀서 전편과 후편으로 두 주에 걸친 방송이 결정되었습니다. 도시바 일요극장에서는 전례 없는 이례적인 결단이었다고 합니다.

「사랑과 죽음을 바라보다」에서는 연골종양에 걸린 여대생 오오시마 미치코 역을 오조라 마유미 씨가, 편지를 주고받으며 그녀를 지지하는 고노 마코토 역을 야마모토 마나부 씨가 연기했습니다. 이것이 크게 히트해서 1년 동안 네 번이나 재방송 되었습니다. 이시이 씨와 본격적으로 한 팀이 된 것은 그때부터였어요.

지금까지는 이시이 씨와 콤비로 '도시바 일요극장'을 꽤나 쓸 수 있었습니다. 남편과의 만남도 '도시바 일요극장'에서였죠. "지금은 핵가족화가 진행되고 있으니까 대가족물을 만들고 싶다."고 「타다이마 11인」을 기획한 사람이 나중에 결혼하게 된 남편, 이와사키 요시카츠였습니다. 「타다이마 11인」의 방송은 1964년부터 3년 정도 방송된 정말 긴 연속극이었습니다. 내가 극본의 2/3 정도 썼을까요.

야마무라 쇼오 씨와 아라키 도오루 씨가 부부 역으로 아들이 둘, 딸이 일곱이라는 대가족이야기. 매 회마다 식탁의 정면에 아버지가 있고 가족 모두가 식탁에 둘러앉아 식사하는 장면이 있어서 자주 "먹고 마시는 드라마"라고 불렸습니다. 지금 보면 정다운, 이젠 거의 볼 수 없는 가족의 풍경입니다.

나는 좀처럼 촬영 장소엔 가지 않지만, 드물게 「타다이마 11인」의 오스트리아 빈에서의 로케에 동행한 적이 있었습니다. 익숙하지 않은 것은 하면 안 되는 건가 봅니다. 작은 사건이 일어났습니다. 아라키 도오루 씨(엄마 역)에게 돌연 "이런 대사, 할 수 없어요!"라는 말을 들은 겁니다.

배우에게 불평을 듣는 것이 드문 일은 아니었겠지만, 연속극을 시작한 지 얼마 안 되는 때라 이런 일에 불평을 들은 쪽은 잊어버리지 못하겠죠? 그래서 나도 "그럼, 드라마에서 하차할 거야!"라며 바로 열을 내고 말았어요.

생각해보면, 이시이 씨를 신뢰하고 있으니까 그렇게 말할 수 있었던 겁니다. 최종적으로 이시이 씨가 어느 쪽 얘기를 택할지 나는 알고 있었죠. 확신하고 있었으니까요. 그렇지 않았다면 내가 어떻게 감히 배우에게 "하차할 거야." 하고 소리칠 수 있었겠어요. 그때는 정말 그렇게까지 이시이 씨를 신뢰하고 있었던 것이죠. 예상대로 이시이 씨가 원만하게 해결해주었습니다.

그러나 1960년대 후반부터 1980년대 후반 정도일까요. 이시이 씨와 일을 하지 않았던 시기도 있습니다. 이 무렵 한 팀을 이루고 있던 것이 소설가이자 극작가인 히라이와 유미에 씨. 히라이와 씨와 나에 대한 이시이 씨의 인사법도 전혀 달랐죠. 이시이 씨가 말하기를 "히라이와 씨는 칭찬받으며 자란 사람, 하시다는 혼나며 자란 사람"이라고 합니다. "하시다 씨는 내가 혼내지 않으면 좋은 걸 쓸 수 없다."고 자주 말했지요.

이시이 씨가 주로 히라이와 씨와 일하게 되었을 때도 원망하는 마음이나 배신당했다, 라고 생각한 적은 없었습니다. 오히려 그동안 나는 다른 방송국에서 극본을 쓸 수 있어서 덕분이라고 생각했어요. NHK 아침드라마 「내일엔」, 「오싱」, 「봄이여 오라」나 대하드라마 「여자 성주」, 「목숨」, 「춘일국」 같은 장편 드라마를 시작으로, 일본 TV에선 이케우치 준코 씨 주연의 「츠쿠시는 누구의 아이」 시리즈를 네 번, 우츠이 켄 씨 주연의 「민들레」 시리즈도 다섯 번 썼습니다. 그래서 정말로 감사하지요. 이시이 씨가 히라이와 씨와 함께 일하지 않았다면 이런 일은 할 수 없었을 테니까요. 이런 것을 얘기하면 이시이 씨가 화낼지도 모르겠지만, 이제야 해방되었다는 기분마저 들었습니다. 다른 방송국에서도 쓸 수 있어, 라고. 분명 난 뿌리에서부터 만사태평한 사람일지도 모르겠습니다.

이만큼 강한 유대감이나 신뢰관계로 이어져 있다고 생각하는 이시이 씨조차도 아타미의 우리 집에 오는 일은 좀처럼 없습니다. 서로 끈적끈적하지 않고 정말로 깨끗한 관계죠. 그럼에도 깊은 인연으로 묶여진 동지 같은 것일지도 모르겠습니다.

가장 최근에 집에 온 것은 2015년에 내가 '아스카'로 100일 간의 크루즈 여행을 떠나기 전의 일. "3개월 간, 배에 타고 있는 동안에 당신이 죽어버리면 안 되니까."라고 말합니다.

그런 일에도 아무렇지 않게 웃으며 얘기 할 수 있는, 나에게 있어서 둘 도 없는 소중한 사람입니다.

5 부모 없이

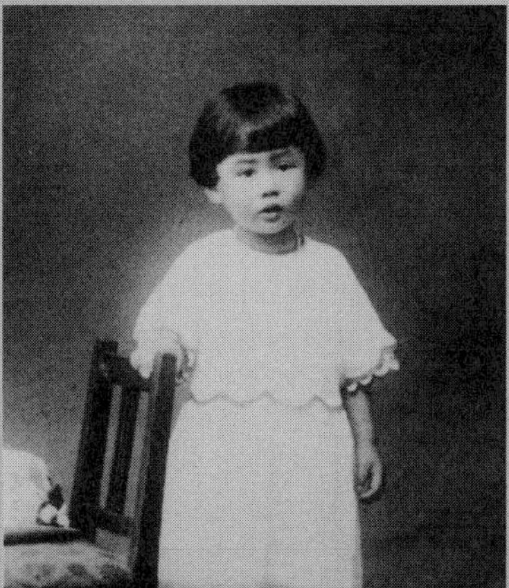

세 살 무렵 서울에서

짧았던 아버지와의 인연

내가 태어난 곳은 옛날 일본 통치하의 한국의 서울입니다. 그때는 경성이라 불렀죠.

내 아버지는 에히메(愛媛)현 이마바리 생입니다. 새로운 사업을 위해 바다를 건너 경성으로 간 겁니다. 그곳에서 '조선물산'이란 토산물 점을 경영했죠. 큰아버지에게 후처로 들어온 큰어머니가 "우리 집의 혼기 놓친 여동생을 받아줄 수 없나요."라고 아버지께 말한 것이 엄마와 인연이 되었다고 합니다.

그래서 엄마는 아버지 얼굴도 제대로 못보고 경성으로 왔다고 합니다. 나의 남편은 나보다 네 살 연하였는데, 엄마도 아빠보다 한 살 연상이었습니다.

이전부터 아버지가 운영하던 조선물산은 본토에서 오는 일본인들을 위한 기념품을 취급했습니다. 그중에서도 박을 잘라 건조시켜서 만든 '바가지'라는 국자가 내 마음에 쏙 들었고 여러 가지 민예품들이 진열되어 있었던 것을 기억하고 있습니다.

아버지는 일밖에 모르는 분으로 함께 했던 기억이 별로 없습니다. 엄마도 가게를 돕느라 언제나 바쁘게 일하셨어요. 그런 부모를 대신해 어린 나를 보살펴주었던 분은 '오모니'(한국어로 어머니). 그야말로 엄마를 대신해서 집안일이나 나를 돌봐주는 등 여러 가지로 도와주셨지요.

덧붙이자면, '스가코'라는 이름은 당시에 살고 있던 집근처 조선신궁의 신관이 '경사스럽다'라는 의미로 지어주셨답니다.

내가 태어난 고향에 다시 돌아온 것은 2006년, 사실 72년 만입니다. 나는 여행을 가장 좋아해서 전쟁이 끝나자 몇 번이나 외국을 방문했지만, 고향엔 두 번 다시 가지 않겠다고 마음속으로 다짐하고 있었지요.

일본의 패전과 동시에, 북위 38도선에 미국과 소련에 의한 한반도의 남북 분할통치가 시작된 것이 1945년. 그 후, 조선민주주의인민공화국과 대한민국이 건국되고 양국의 전쟁이 일어난 뒤, 지금까지도 남북이 분단된 채로 있는 것은 모두가 알고 있습니다. 나에게 있어서 남북통일은 평화의 상징. 통일이 성취될 때까지 고향땅을 밟지 않겠다고 결심하고 있었지요. 방송국으로부터 고향 취재여행

의뢰가 올 때마다 거절했습니다.

그러던 것이 더는 참지 못하고, 마침내 TV 방송취재로 서울 땅을 밟게 되었던 것이 2006년이었어요.

아버지 가게가 있던 곳은 서울에서도 제일 활기찬 번화가. 먼 기억을 되살리며 향한 곳 앞에 있는 것은 형형색색의 여성용 속옷이었습니다. 반세기 이상의 시간을 지나, 아버지 가게가 있던 장소는 속옷 가게가 되어 있었습니다.

색이 화려한 갖가지 팬티를 배경으로, 당시 여든 살의 내가 촬영 스태프에게 인터뷰를 받고 있는 장면을 상상해보세요. 이런 미스매치를. 현지 사람들도 "저게 뭐야?" 하고 불가사의한 얼굴로 이쪽을 봅니다. 쥐구멍에라도 들어가고 싶다는 표현은 바로 이럴 때 쓰는 것. 얼굴에서 불이 나올 것 같았어요.

어릴 적 살던 집은 아버지 가게 옆 비탈진 곳에 있었는데 방문했을 땐, 초등학교가 되어 있었어요. 갑자기 그리웠던 초등학교 시절의 추억이 떠올랐습니다.

경성의 겨울은 눈이 많이 내리진 않지만 모든 것을 얼려버리는 강추위가 기다리고 있습니다. 물을 뿌리면, 순식간에 초등학교 교정은 큰 스케이트장으로 변합니다. 아이들은 운동화 그대로 미끄러지거나 얼음판에서 숨바꼭질하기도 하는, 정말 즐거웠던 기억입니다. 라고 말해도, 경성에서의 추억은 그리 길지는 않았습니다. 초등학교 3학년 때, 나에게 더 좋은 교육을 받게 하고 싶다고 생각한 어머니와 둘이서 오사카로 가게된 것 때문입니다. 당연한 일이지만 아버지와의 인연은 더욱 멀어지게 되었던 것입니다.

어머니와 둘이서 귀국한 후부터 아버지는 매달 한 번, 나와 어머니가 사는 오사카 집으로 찾아오는 정도였어요. 게다가 집에서 밥을 드시고 나면, 또 휙 하고 어딘가로 가버립니다. 사실 내가 드라마에서 그리는 '단란한 가족'의 추억은 거의 없습니다.

하지만 어머니는 좋은 사람이었나 봐요.

"아버지 덕분에 네가 학교에 다니는 거야."

"아버지 덕분에 밥을 먹는 거야."

라며 사사건건 내게 '아버지 덕분'이라고 말하는 것을 잊지 않았습니다.

아버지가 오사카 집에 오시면, 어머니와 나와는 다르게 아랫목 상좌에 혼자 앉아 훌륭한 음식으로 식사를 합니다. 어머니는 아버지가 식사하시는 동안 시중을 위해 옆에서 무릎을 꿇고 기다립니다. 어머니는 아버지가 곁에 없으니까, 더 아버지의 체면을 세워주고 있었다고 생각합니다. 물론 내가 아버지를 업신여기지 않게 하기 위한 어머니 나름의 교육도 있었을 겁니다. 어머니의 말씀을 듣고, 어머니의 등을 보고 자란 나는, 감쪽같이 어머니의 술책에 빠져 '아버지는 훌륭한 사람이다.'라고 생각하고 있었죠.

종전 후, 아버지가 경성에서 귀국하실 때까지는 물론, 그 후에도 나는 도쿄의 대학기숙사에 들어가 있었기 때문에 아버지와 이야기를 했던 기억이 거의 없습니다.

다만 여학교 시절, 잊지 못할 아버지와의 기억이 있습니다.

그 무렵에는 교복 상의 옆을 조여서 입거나, 스커트의 주름을 늘려서 입는 것이 학교에서 유행하고 있었어요. 그래서 교복을 고칠 때 어머니에게는 비밀로 하고 나도 유행스타일로 양장점에 부탁했습니다. 물론 교칙 위반이지만, 위반이라고는 해도 아직 귀여운 편. 그런데 나에게 딱 붙어있는 어머니도 눈치 채지 못하셨죠. 이 작은 규칙 위반을 아버지가 재빠르게 알아차리셨어요. 불같이 화를 내시며 "학교의 규칙을 지킬 수 없다면, 학교에 갈 필요 없어!"라며 나의 새 교복을 옷깃부터, 쫙쫙 찢어버린 겁니다. 함께 있는 시간은 짧았지만, 어쨌든 존재감 있는 무서운 아버지. 그것이 아버지에 대한 인상이었습니다.

'직업부인'에 손재주 있었던 어머니

한편 어머니는 아버지와 정반대. 잠시도 내 곁을 떠나고 싶지 않다고 할 정도로 맹목적인 사랑이었습니다.

어머니의 고향은 도쿠시마현 이타노군 아이즈미초. 팔남매 중 막내로 이른바 '남사스러운 아이'. 대를 이은 장남의 아들보다 나중에 태어났다고 합니다. 즉, 할머니는 손자가 생기고 나서 내 어머니를 낳았던 것이죠.

중요한 상속자로서의 아들이 벌써 있었다는 것이 어머니를 주눅 들게 했던 것 같아요. 자신은 무용지물이라고 생각해서 빨리 집을 떠나고 싶었다는 말을 들은 적이 있습니다. 그래서 언니의 시집이 있는 도쿄의 술집에 더부살이 하러 나왔어요. 어린 시절의 그런 경험 때문에 아이들이 많이 태어나면, 태어나는 아이가 불쌍하다고 생각한 건지도 모르겠습니다. 그래서 내가 외동딸인 이유인지도 모릅니다. 결혼 전까지 어머니는 당시에 말하는 '직업부인'이었습니다. 피는 속일 수 없는 것이죠. 어머니와 옥신각신한 적도 많았지만 나에게도 같은 피가 흐르는 것이라고 이렇게 일을 계속해온 지금에서야 느낍니다.

생각해보면, 어머니는 재주가 있어 여러 가지를 잘 해낼 사람이었습니다.

내가 여학생 때의 일. 수업시간에 하오리*를 꿰맸는데 그중, 좋은 작품을 학부모참관일에 전시하기로 했습니다. 운 좋게 내 하오리도 뽑혔지만 무조건 기뻐할 수만은 없었습니다. 내 실력이 아닌 어머니가 꿰매준 덕분이었기 때문입니다.

어머니는 1900년대에 처음 일본에 상륙한 '싱거'라는 재봉틀회사에 강사로 근무할 정도의 실력이었습니다. 아직 재봉틀이 희귀했던 때라 어머니는 재봉틀을 구입한 손님에게 사용법을 강의하러 다녔다고 합니다. 왕족의 댁으로 가르치러 간 적도 있다고. 그런 어머니였기 때문에 내 바느질을 두고 볼 수 없어 도움을 준다는 게 그만 모두 꿰매어주신 것입니다.

그리고 난 직업상 "어릴 때부터 글을 잘 썼나요?"라는 질문을 자주 받지만, 작문도 언제나 어머니의 대필이었어요. 당시 아이들

---

* 羽織. 기모노 위에 입는 겉옷.

의 작문이라고 하면, 전쟁터로 가는 병사들을 위한 위문문. 한때 내가 쓴 위문문이 콩쿠르에서 우승을 했어요. 물론 어머니의 문장이었죠. 이때는 신문에 이름과 얼굴사진까지 실렸기 때문에 부끄러운 마음과 꺼림칙한 마음이 뒤섞인 듯한 뭐라 말할 수 없는 기분이었습니다. 그래서 어릴 때부터 글쓰기가 특기라고, 털끝만큼도 생각한 적이 없었답니다.

어머니로부터 달아나기 위해 도쿄로 대학 진학

어머니가 결혼한 나이가 서른 살이었기 때문에 당시 사람으론 만혼. 의사가 "아이는 포기하는 편이 좋다."라고 말했다고 합니다. 그런데 어머니가 서른다섯 살 때 기적적으로 내가 태어났습니다. 늦게 태어난 아이였던 것과 일이 바쁜 아버지와 떨어져 따로 살고 있는 것도 있어서 어머니는 문자 그대로 '익애(溺愛)'하는, 약간 비정상적으로 생각할 정도의 과잉보호. 언제부턴가 그것이 부담스러워 못 견딜 지경이 되었어요.

어머니와 둘이서 살던 곳은 오사카의 사카이입니다. 여학교 때는 하굣길에 친구들과 '스루가야'라는 요사노 아키코 씨의 과자가게에서 앙미츠*를 먹으며 수다를 떠는 것이 작은 즐거움이었어요. 그

* 화과자의 일종. 삶은 붉은색 완두콩과 각종 과일 및 깍두썰기를 한 우뭇가사리묵,

런데 그렇게 들러서 평소보다 귀가가 늦어지면 도중에 어김없이 내가 돌아오는 길을 살피는 어머니가 보입니다. 딸을 걱정한다고는 하지만, 어머니의 사랑에 꼼짝하지 못할 정도로 속박당하는 것 같아서 마음이 무겁기만 했습니다.

그것뿐 만이 아닙니다. 어머니는 내가 학교에서 돌아오는 시간을 재고 있었죠. 귀가가 조금이라도 늦으면 "하시다 스가코의 엄마입니다. 딸이 아직 집에 오지 않는데 학교를 나왔나요?"라고 학교에 확인 전화까지 걸었던 것입니다. 그래서 '스루가야'도, 마음에 드는 서점에도 들러올 수 없었습니다.

동급생 사이에서 이야깃거리가 된 사건도 있었습니다. 수학여행으로 아와지섬으로 갔을 때의 일입니다. 선상에서 어머니가 싸주신 도시락을 열려고 하는데, 내 앞으로 전보가 도착했습니다 —"돼지고기 괜찮니."— 어머니로부터였죠. 어머니는 더위로 돼지고기가 상해버릴지도 모른다며 안절부절못하다가 전보를 보내왔던 것이었습니다. 이것이 동급생사이에 퍼진 '돼지고기 전보' 사건입니다.

남이 보면 우스갯소리일지 모르지만 당사자로서는 견딜 수가 없습니다. 그런 어머니가 점점 부담스러워졌습니다. 사춘기였던 것도 어머니에 대한 반항을 더욱 부추겼을지도 모릅니다. 더 이상 왈가왈부하는 것도, 옆에 있는 것도 싫어, 하면서요.

팥, 떡, 꿀, 아이스크림 등을 얹은 것. 팥빙수와 좀 다르다.

나와 어머니는 원래 생각부터 어울리지 않았어요. 여자의 행복은 아이를 낳고 기르는 것이라고 믿어 의심치 않았던 어머니. 딸인 나를 여학교에서 현지 오사카의 전문학교에 보내 졸업시킨 후엔 사위를 얻어 집을 대물림 하겠다는, 이것이 어머니가 그리는 나의 미래상이었지요. 반면 나는 부모님이 깔아놓은 레일에는 타지 않아!, 라고 생각하고 있었습니다. 자신의 장래는 자신이 결정해야 하는 거라고. 그래서 더욱더 어머니의 존재가 답답해 어쩔 수가 없었습니다.

어떻게든 어머니와 떨어지기 위해 계책을 짜냈죠. 어머니와 아버지에게는 비밀로 하고 도쿄의 메지로에 있는 일본여자대학에 입학원서를 냈던 것입니다. 원서에 필요한 보호자 도장은 도쿄에 사는 이모에게 신신당부해서 간신히 찍었습니다.

자, 드디어 시험 날. 다행히 시험장은 오사카에도 준비돼 있었기 때문에 당일 아침 자연스럽게 "좀 놀다 올게요!"라고 어머니에게 말하고 부지런히 시험장으로 갔습니다.

시험은 멋지게 합격. 그러나 순식간에 아수라장으로 변했습니다. 지금도 잊을 수 없어요. 합격통지가 온 것이 3월 3일. 내 계획과 합격사실을 알고 흥분한 어머니는 장식품들을 마구 던져서 천왕모습 인형 목이 부러지는 대참사가 벌여졌지요. "너는 부모를 두고 어딜 가냐!"며 소리치는 어머니. 물론 나도 한발자국도 물러날 수 없었습니다. 어머니와의 싸움은 당분간 그치지 않았지요. 그리고 결국, 어머니는 내가 기숙사에 가져갈 새 이불을 가위로 갈기갈기 자르는 난폭함까지 보여줬습니다.

그래도 지금 생각하면 당시에 딸의 행실을 엄히 다스리는 것은 당연한 일. 그것이 어머니의 의무였다는 것을 이해 할 수 있습니다.

여자 기숙사는 다른 세계

어머니가 나의 상경을 마지못해 허락한 것은 "틀림없이 외로워서 당장 돌아올 거야."라는 아버지와 고모의 설득 덕분이었어요. 여자대학에 들어가 드디어 어머니로부터 해방된다는 기쁨도 잠시, 두 사람의 예언은 멋지게 적중하고 말았습니다.

지방에서 일본여자대학에 다니려면 기숙사에 들어가는 것이 조건. 기숙사에는 학생들이 교대로 청소나 요리, 세탁을 하지 않으면 안 되었습니다.

"아이가 부엌에서 서성이는 것은 좋지 않다."는 어머니의 생각 아래에서 응석받이로 자란 나는 요리 등을 일절 해본 적이 없습니다. 요리의 맛이 형편없다 등은 이전의 문제. 야채를 자르는 것도 제대로 못합니다. 그때까지 칼을 잡아본 일조차 없었습니다.

가정과의 상급생에게 "음, 그렇게 두껍게 벗기면 알맹이가 없어져."라고 잔소리를 들으며 감자 자르는 법부터 배우는 형편이었습니다.

주방일로 허둥대는 나에게 언어습관 또한 장벽이었습니다. 학생들 대부분이 평소에 "안녕히 계십시오.", "용서하십시오."라고 표준어로 또박또박 말하는 아가씨들입니다. 처음 상급생들 앞에서 오사카 사투리에다 어머니 고향인 도쿠시마의 사투리까지 뒤범벅 된 인사말에, "그 말의 의미가 대체 무엇인가요?"라는 소리를 들으며 모두에게 놀림을 받았습니다. 나는 이것이 트라우마가 되어 보통 말할 때도 벌벌 떨게 되고 말았지요.

그래서 먼저, 주위 사람들이 하는 말에 촉각을 세우고, 필사적으로 표준어를 마스터 하려고 힘썼어요. 그러나 결국 신경을 소모시키는 것 같은 삶을 견디지 못하고 입학한 지 네 달이 지난 어느 날, 학교를 그만둘 각오로 도망치듯 오사카의 집으로 돌아오고 말았습니다.

부모가 되는 것도 아이가 돼주는 것도 어렵다

모녀가 상봉해서 극적으로 화해하는 감동적인 드라마의 한 장면을 상상하셨나요? 하지만 현실은 모녀간에 다시 큰 싸움을 벌이고 말았습니다.

집 외에는 갈 곳이 없던 나는 울면서 다시 도쿄에 있는 학교로 돌아가고 말았습니다.

그런 어머니의 애정이 무겁기만 해서 그 후에도 애정이라는 것에 등을 돌려버렸습니다. 애정에 대해 스스로 울타리를 만들어왔는지도 모르겠네요. 부모의 사랑도, 연애도, 모든 애정이란 것은 무거운 것이라고 생각했지요.

저출산과 만혼이 만연해서 한집자녀가 늘고 있는 지금, 예전의 내 어머니 같은 어머니도 적지 않을 겁니다. 그런 의미에서 다산이 아이를 행복하게 해줄지도 모르겠습니다. 부모가 된다는 건 얼마나 어려운 것일까 하고 곰곰이 생각합니다. 무엇보다 아이가 돼주는 것이 더 어렵겠지만요.

만약 어머니가 좀 더 자신을 가졌다면, 또 다른 모녀관계가 맺어졌지 않았을까 조심스럽게 생각해봅니다.

아버지가 보내오는 생활비 덕분에 생활이 곤궁한 적이 없었고, 집에는 가정부가 있어서 어머니가 가사에 쫓기는 일도 없었어요. 어머니의 의식이 전부 나에게 집중되는 것은 어쩔 수 없는 일이었나 봅니다.

여학교 시절, 어머니와 싸울 때마다 군고구마를 많이 사놓고 방에서 농성했던 적도 있었죠. 요즘 사람들이 보면 작고 귀여운 저항이겠지만요.

도를 넘은 어머니의 과보호는 내가 사회인이 돼서도 계속되었어요. 쇼치쿠 영화사에 입사하고 얼마 후, 어머니는 나 몰래 오마 촬영소장인 키도 시로 씨에게 "내 딸을 야쿠자 같은 영화판에 들여보낼 수 없어요. 제발 내 딸을 해고해서 오사카로 돌려보내주세요." 라고 편지를 보낸 것입니다. 편지를 받은 키도 씨는 나에게 집으로 돌아가라고 종용했고, 어렵게 들어간 쇼치쿠, 일을 그만두는 것도 어머니에게 돌아가는 것도 상상할 수 없던 나는 키도 씨와 담판을 지어야 했습니다. 마침내 당시 근무하던 카나카와현의 오마 촬영소에서 오사카 집에서 그리 멀지 않은 교토로 전근한다는 타협안 덕분에 겨우 마무리가 되어 교토의 시라가와에서 하숙을 했습니다.

그러나 나와 어머니의 다툼은 생각보다 길게 가지 않았습니다. 내가 스물여섯 살이 되었을 때 어머니가 돌아가셨습니다. 자궁경부암이었습니다.

예상도 하지 못했던 너무나도 이른 이별. 그러나 어머니가 돌아가셨을 때조차 나는 우는 일은 없었어요. 보통은 얼마만큼 관계가 꼬여있다고 해도, 자기부모의 죽음에 임하면 눈물 한두 방울은 흘리는데….

그때 나를 지탱하고 있었던 것은 오기로라도 울지 않겠어, 라는 생각이었습니다. 그리고 오사카에서 교토 시라가와의 아파트로 돌아와 혼자가 되었을 때, 비로소 눈물이 넘쳐흘렀습니다.

어렸을 때부터 자립하고 있었다

무남독녀인 데다 거의 어머니와 단둘인 사실상 모녀가정. 나는 가족다운 가족을 모르고 자랐어요.

게다가 초등학교 1학년 때는 부모와 떨어져서 지냈던 시기가 있었습니다. 아버지와 어머니 사이에 이혼이야기가 있어서 부모가 옥신각신하는 데다, "네가 데려가.", "당신이 데리고 가세요."라며 나를 서로 떠넘기고, 아무래도 결말이 나지 않았어요. 그래서 결정이 될 때까지 도쿄의 도고시 긴자에서 술집을 하던 이모 집에서 맡게 되었죠.

나를 가엽게 여긴 이모는 "아버지도 어머니도 바쁘신 거야."라는 말만 할 뿐, 자세한 이야기는 없었습니다. 하지만 어린 마음에도 그렇지 않다는 것 정도는 알 수 있었어요. 그때 나는 '경성에 계신 부모님에게 버림받은 거야.'라고 생각했죠. 난 필요 없는 아이구나, 라고.

자녀가 없었던 이모는 나를 아주 귀여워했습니다. 이모 집에 있는 동안 다니던 도고시 긴자의 미야마에초등학교에 매일 아침 데려다 줄만큼. 게다가 내가 교실에 들어갈 때까지 문 앞에서 지켜봐주셨어요.

그런데 그때 말할 수 없이 조마조마 했던 나는 가끔 이모가 마지막까지 지켜보지 않고 돌아갔을 때는 곧바로 학교를 나와 이모가 있는 곳으로 달려가곤 했지요. 부모에게 버려진 것처럼 이번엔 이모도 버릴 거야, 라고 생각하니 무서워서 안절부절못했습니다.

이모는 나에게 여러모로 마음을 써주셨지만 장사로 바빴습니다. 나에겐 친구도 없어서 거의 외톨이였습니다. 그런 내가 유일하다고 해도 좋을 만큼 즐겼던 것은 그림연극 정도였어요.

「황금박쥐」나 「쿠라마 텐구」…, 근처 목욕탕 탈의실에서 하루 종일 연극을 보여주는 날이 있었어요. 요즘 아이들은 익숙하지 않겠지만 그림연극을 보려면 먼저 과자를 사지 않으면 안 됩니다. 하지만 그 시절 사람들은 너그러워서 과자를 살 수 없는 아이가 멀리서 봐도 따지지는 않았습니다. 나는 이모에게 받은 다섯 푼을 손에 쥐고 자주 보러갔어요. 그때 나에게는 그것이 무엇보다도 행복한 시간이었습니다.

이야기하는 아저씨들이 아주 잘했습니다. 이야기하는 아저씨가 여럿 있었는데, 여자목소리를 잘 내는 사람이나 무시무시한 귀신의 목소릴 잘 내는 사람이 있기도 해 정신없이 구경했습니다.

「그림연극에 관한 조사」(도쿄시 사회국, 1935)에 의하면, 1934년에는 도쿄에 2,000명 정도의 그림연극업자가 있었으며, 하루에 60만 명에서 100만 명의 아이들에게 영향을 주었다고 합니다.

분명히 아이들은 모두 그림연극을 좋아해서 그 당시의 아이들에게 그것보다 재미있는 것은 없었기 때문이겠지만, 근처의 아이들이 모두 와있었으니까요. 요즘은 그림연극 같은 것을 보는 아이들이 없겠죠? 텔레비전이나 게임의 보급으로 그림연극 자체가 도저히 상대가 될 수 없는 구조죠. 그저 쓸쓸할 뿐입니다.

나에게는 지금도 TV 드라마는 그림연극의 연장이라고 생각되는 부분이 있습니다. 작품을 쓰는 바탕도 그림연극에서 길러진 것이 다분히 있을 겁니다.

결국 초등학교 1학년 1학기 마지막에 부모님이 데리러 와서, 셋이서 다시 경성으로 돌아갔기 때문에 이모 집에서의 생활은 세 달을 채우지 못하고 끝을 고했습니다.

어릴 때의 이런 경험도 있어서, 어딘가 혼자가 익숙해졌다고 말하는 게 좋겠네요. 다소 외로움을 느낄 때도 있었지만, 혼자가 무섭지 않았어요. 오히려 혼자인 것이 편하다고까지 느끼게 되었어요.

주위에서 귀여움을 못 받는 게 당연하다고 여겨지나요. 어린 마음에 모종의 체념 같은 것이 심어진 것인지도 모릅니다. 그래서 어릴 때부터 어느 정도 정신적으로는 자립하고 있었다고 생각합니다.

가족을 몰라서 홈드라마를 쓸 수 있었다

그런 내가 홈드라마만 쓰고 있는 것을 신기하게 생각할지도 모르지만, 홈드라마를 쓸 수 있게 된 것은 아마도 가족을 잘 몰랐으니까, 생활 속에 당연한 것처럼 여겨지는 단란한 가족이 없었기 때문이라고 생각합니다.

오히려 가족이 있으면 좀처럼 홈드라마 같은 건 쓸 수 없어요. 없기 때문에 상상이 커지는 것입니다. 물론 상상한 것이 현실에서 있는지 없는지는 일종의 내기입니다. 그런 의미에서 너무 현실을 보고 있으면, 허구를 쓸 수 없게 돼버리는 측면도 있겠죠. 가족이 있으면 "이런 일은 있을 수 없어."라고 생각할 겁니다.

실제로 부모가 되고 보면 아마도 더 다른 감정이 나오겠죠? 만약 나에게 아들이 있다면 결코 마음껏 쓸 수 없었을 것입니다. "우리

어머니, 실은 마음속으로 이런 걸 생각하는 거야!?"라는 아들의 생각이 두려워서 대사를 손봤을지도 모르겠습니다. 없기 때문에 마음대로 쓸 수 있는 것입니다. 홈드라마를 계속 쓸 수 있었던 것은 가족다운 가족을 몰랐거나, 나에게 자식이 없었던 덕분입니다.

그리고 극본을 쓸 때 조심하고 있는 것이 있습니다. 내가 쓰는 드라마는 언제나 해피엔딩. 가족 안에서 기탄없이 옥신각신 싸우더라도 마지막에는 대화로 어떻게든 해결해 '해피, 해피엔딩'으로 대단원을 맞이하죠. 그래서 "해피엔드의 하시다 스가코"라고, 주위에서 말합니다.

현실에서는 언제나 해피엔드라고 말할 수는 없지만, 그래도 괜찮습니다. 나는 극본을 그렇게 쓰고 싶어요. '꿈-상상'으로 쓰는 것이니까요.

"실제로는 그렇게 말하지 못해도, 그렇게 입에 올리면 후련할 거예요." 「와타오니」를 보시는 시청자로부터 종종 이런 소감을 받습니다. 오랜 세월 한 지붕 밑에 사는 가족 사이에서도 말하지 않으면 상대의 진심을 모르는 게 인간이라는 것. 하지만 마주하고 이야기한다는 것은 좀처럼 쉽지 않습니다. 누군가와 부딪치기 위해서는 상당한 에너지가 필요하지요. 그래서 '에너지 절약 모드' 스위치를 켜고, 표면상으로는 사이좋은 가족을 연기하고 있는 사람들도 적지 않을 겁니다.

그러다보면 뭔가 큰일이 일어났을 때 대처방법을 모르고 최악의 사태를 초래할 수도 있습니다. 평소에 옥신각신하는 것이 중요합니다. 고부간의 갈등, 부모와 자식 간의 갈등. 서로 마음의 갈등을 빚고 속내를 주고받는 것으로밖에는 이해될 수 없는 것이 있습니다. 그것을 드라마로 만들고 싶었습니다.

이런 까닭으로 「와타오니」는 '싸움의 드라마'입니다. 가족 모두가 서로 이해하고, 자신이 생각하는 것을 직설적으로 표현함으로써 진짜 가족이 됩니다. 진짜 가족이 되어 갑니다. 그런 식으로 나는 믿고 있으니까요.

앞서서 내 나이 스물여섯 살 때 어머니가 돌아가셨다고 썼습니다. 함께 지냈던 시간이 너무 짧았다고 생각합니다.

그리고 7년 후에는 아버지가 사고로 돌아가셨습니다. 그러니까 첫 직장인 쇼치쿠에 근무하던 서른세 살의 나이에 이미 천애고독의 몸이 되었습니다. 부모님은 다소 싸우기는 했지만, 다른 가족에 비하면 본격적인(?) 부부싸움을 할 겨를도 없이 헤어져 버리고만 것입니다.

이제와 생각하거든요. 과잉보호에다, 나와는 생각이 전혀 달랐던 어머니에게 계속 속내를 드러내며 으르렁댔지만, 어쩌면 싸웠던 만큼 서로를 이해하고 있었을지도 모르겠다고요.

어머니가 돌아가신 후의 일입니다. 어머니가 입원했던 침대를 치우는데, 이불 밑에 신문이나 잡지를 오려놓은 기사들이 한가득. 전부 내 기사였습니다. 쇼치쿠 첫 여성 시나리오 작가로서 인터뷰한 기사, 내가 보조작가로서 각본을 쓴 후 어머니에게 보낸 「나가사키의 종」 포스터와 신문광고까지 가지고 계셨습니다.

게다가 담당 간호사가 얘기합니다. "'「나가사키의 종」은 우리 딸이 쓴 거야.' 하며 항상 기쁘게 말씀하셨어요."라고.

영화판에 들어가는 것을 맹렬히 반대했던 어머니였지만, 모두에게 내 이야기를 자랑스럽게 하셨다니. 내가 모르던 어머니의 모습을 알게 된 것은, 어머니와 심하게 싸워온 불효자인 나에게 하나의 구원이 되었습니다.

6 연애 없이

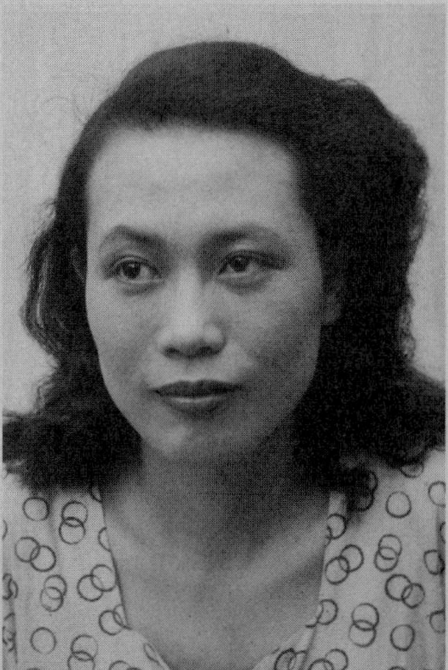

가장 우울했던 시절, 와세다대 연극단원 일 때

결혼으로부터 도망치기 위해 두 번째 대학 진학

요즘 젊은 사람들은 연애에 별로 관심이 없다고 들은 적이 있습니다. 리쿠르트 마케팅 파트너스 조사(2014년)에 따르면 현재 '교제 상대가 없다'는 20대 여성은 60%, 남성은 76%로, 양자의 평균이 70%에 이른다고 합니다. 게다가 2015년의 『저출산 사회대책 백서』에는 미혼에 애인이 없는 20대 젊은이의 40% 가까이가 "애인이 필요하지 않다."고 말하고 있다고 합니다. 그렇게 응답한 남여 절반이 '연애는 귀찮으니까', '이제 결혼에 연애는 필요 없어'라고 한 거죠. 나도 거기엔 조금 공감할 수 있습니다.

젊은 시절, 나는 결혼할 마음 같은 건 조금도 없었습니다. 결혼해서 남자의 시중을 들다니, 참을 수 없었지요. 그러기는커녕 내 한 몸 챙기기에도 벅찹니다. 남자에게 의존하겠다는 생각도 없었죠.

자존심의 높이도 방해가 되었겠죠. 솔직히, 남자가 바보로 보여서 도리가 없었어요. 혼자 있는 것보다 둘이 있는 편이 행복하다고 생각한다면 결혼해도 좋지만, "그 사람이라면 따라가고 싶어!" 하는 생각이 드는 남자가 하나도 없었어요.

게다가 내가 못생겼다는 사실을 자각했기 때문에, 만약 좋아하는 사람이 생겨도 나 같은 건 좋아해줄 리 없다고, 애초에 연애를 포기하고 그 씨름판에 서려고 하지 않았습니다.

생각해보면, 나의 아버지는 좋은 아버지라고 할 수 없었습니다. 집에도 별로 들어오지 않았고, 내 '아버지' 혹은 어머니의 '남편'으로도 존경할 수 있는 사람은 아니었습니다. 어릴 때부터 어머니의 고생을 곁에서 봐왔습니다. 그래서 남자는 그런 것이다, 결혼 같은 건 안하는 게 좋아, 라며 필사적으로 일에 매달렸던 것입니다.

결혼뿐 아니라 연애에 대해서도 부정적이었습니다. 모두 왜 그런 귀찮은 일에 열심인 걸까? 그럴 시간이 있으면 잠자는 시간을 늘리고 싶다, 뭐 그런 생각들을 했습니다.

하지만 지금에 와서 보니 한눈팔지 않고 연애를 하고 있는 사람이 조금은 부럽습니다. 드라마를 보고 있으면 남자를 떠받드는 여자가 등장하곤 합니다. 옆에서 보면 불행한 듯 보이지만, 의외로 사람에게 뜯어내는 것보다 헌신하는 것이 본인은 행복할지도 모르겠다고 생각할 때가 있습니다. 사람의 가치관은 천차만별. 나는 무엇이든 남자에게 아낌없이 바치는 것을 도저히 할 수 없지만, 그런 것까지도 기꺼이 하면서 누군가를 좋아할 수 있다니, 솔직히 대단하다고 느낍니다.

그런 나에게도, 세상일반의 적령기라고 불리는 때에, 결혼할 기회가 없었던 것은 아닙니다.

전쟁이 끝나고 2년째 되던 해, 도쿄에 있는 일본여자대학의 기숙사에 살던 내가 여름방학을 맞아 집에 돌아왔을 때의 일입니다. 어머니가 마음대로 내 결혼 상대를 결정했다는 것을 알게 되었습니다. 내 삶에 과도하게 간섭하던 어머니 모습의 전형이었던 거죠. 결혼식 날짜도 이듬해 봄으로 이미 정해놓았고, 주도면밀하게 신부의상의 홑옷까지 준비하고 있었습니다.

결혼이라니, 정말 견딜 수가 없었지요. 당황한 내가 짜낸 아이디어는 대학에 다시 들어가는 것이었지요. 목표는 도쿄대학이었습니다.

아기를 업고 공부했다

시험공부를 하려고 해도 소등시간이 정해진 기숙사에서는 한계가 있었습니다. 그래서 공습으로 타버린 집터에 막사를 세운 도쿄의 이모 집에 있기로 했습니다. 다다미 여덟 장과 여섯 장, 그리고 현관에 이어붙인 세 장밖에 없는 함석지붕으로 된 작은 집이었지요. 이모부부와 이모의 작은아들과 양자부부, 갓 태어난 아기, 거기에 나, 이렇게 일곱 식구가 생활하는 집이었습니다. 어쨌든 수험생에겐 결코 좋은 환경이라고 할 수 없었어요.

지낼 수 있게 해준 것이 고맙고 미안해서, 이모 집 일을 거들었습니다. 만원 전차에 올라타고 인근 농가까지 장보러 갔다 돌아올 때면 배낭이 40킬로 가까이 되어 묵직한 무게가 등을 짓누르기도 했습니다. 하지만 식량이 손에 들려 있는 것만으로도 우리는 행복했어요.

젊은 사람들은 잘 모르겠지만, 당시에 인기를 끈 '아미노산 간장'이라는 양념이 있었습니다.

전쟁 전부터 술집 경영과 소스를 제조했던 이모네 집은 전쟁이 끝난 후 간장이 배급대상이 된 것에 주목했어요. 간장 품귀현상이 빚어지자 이모네 집은 간장 대용품으로 물에 아미노산과 소금을 섞어 아미노산 간장을 만들었습니다. 가게에는 아미노산 간장을 찾는 손님들이 매일 줄을 이었죠. 말 그대로 문전성시. 덕분에 엄청난 무게의 부식을 지하에서 계속 조달해야 했던 것이죠.

온종일 가게 일에 쫓기는 어른들 대신 아기보기에 나섰죠. 여자애를 업고 공터에서 참고서를 읽으면서 아기를 보았습니다. 그 모습은 마치 니노미야 긴지로*였을지도 모르겠습니다. 예비학교나 학원시간을 찾아내서 중간 중간 그곳에서도 공부를 했습니다.

그렇다 해도 제대로 된 공부는 대개 모두가 잠든 시간에 했습니다. 밤은 밤대로 전력사정이 어려웠습니다. 전쟁이 끝난 직후라 자주 정전이 돼서 시험공부를 하려면 촛불에 의지해야 했지요. 당시에 초는 사치품이었는데 이모가 나를 위해 술과 교환해서 어떻게든

---

* 二宮金次郎(1787~1856). 도쿠가와 막부 시절의 농촌운동가로 성실과 근면을 강조했다. 그가 지게를 지고 걸어가면서 책을 읽고 있는 동상을 일본 어디서나 쉽게 볼 수 있다.

구해준 것입니다.

억울한 것은 주변이 모두 정전이 되었는데도 점령군인 미군이 거주하고 있는 지역만은 언제나 환하게 불이 켜져 있었다는 점이죠. 그 불빛을 보면서 '아, 역시 전쟁에 패한 나라는 비참하구나.' 하며 원망스러웠죠.

거세게 찬바람이 새어 들어오는 판잣집이었고, 물론 난방도 없었습니다. 옷을 몇 겹씩 껴입고, 전시 중에 근무하던 해군경리부에서 받은 딱딱한 담요를 뒤집어쓰고 밤을 새워 공부했습니다. 인생에서 그렇게 필사적으로 공부했던 적은 없었던 것 같습니다.

뜻밖에 연극의 길로

당시 내 꿈은 국문학자가 되는 것이었습니다. 사실은 외가 사촌의 친구로, 나보다 여섯 살 연상의 언어학자 오노 스스무 씨에게 영향을 받았던 것이죠. 종전 후에 오노 씨와 만날 기회가 있어서 나도 그렇게 되고 싶다고 생각했어요. 언어학자는 훌륭하니까요.

그때는 무언가를 창조하는 것보다 계속 꾸준히 연구하는 쪽이 맞는다고, 스스로를 그렇게 분석하고 있었죠.

오노 씨와 만났을 때, 그가 이야기 해주었던 옛날이야기가 재밌어서 그 영향으로 택한 졸업논문의 테마는 『신고금화가집』(新古今和歌集)에 대한 연구. 자기자랑을 하는 것 같지만, 여자대학 선생님으로부터 최고의 평을 받았습니다.

여자가 학자가 되려면 도쿄대학을 나오지 않으면 어려웠던 시절이었어요. 그래서 필사적으로 노력했지만 실패했어요. 꿈은 산산이 부서졌죠. 그렇다고 집으로 돌아가는 건 더 싫었죠. 그래서 동시지원 한 와세다대 국문학과에 들어가게 되었습니다.

와세다대 수업에 가서 놀랐습니다. 여자대학 때 선생님 몇 분도 강의에 오셨어요. 그쪽도 놀란 것은 마찬가지여서 "하시다 군, 왜 여기 있나?" 하셨죠.

그러던 어느 날 학생연극단에서 여배우를 찾는다고 했어요. 그 시절의 대학에는 여학생이 거의 없었기 때문에 나에게도 연락이 왔던 거죠.

지금의 나를 보면 믿지 못하겠다는 분들도 있겠지만, 학생 때 나도 배우를 한 적이 있었어요. 하지만 무대에 선 것은 두 번뿐이었습니다. 하나는 노파 역이었고, 하나는 독일의 극작가 막스 하르베의 「청춘」에서 백치 역이었어요.

공연 표를 팔러 갔던 일을 또렷이 기억하고 있습니다. 술집 앞에서서 "와세다 학생입니다. 학교에서 연극을 하니 표를 사주세요."라고. 그렇게 비싼 표도 아니고, 상대는 주정꾼. 여자애가 표를 팔러 가면 후하게 몇십 장도 사주었죠.

그리고 맞이한 공연당일. 막을 열어보니 객석은 텅텅. 관객이 아무도 없었습니다. 그때 "너, 누구한테 표를 판 거야?"라고 크게 혼났습니다. "좋잖아? 돈은 제대로 받았으니."라고 강하게 변명했지만, 그런 문제가 아니었죠. 중요한 것은 표 값이 들어오는 것이 아닙니다. 비록 돈이 들어오지 않았다고 해도, 모두가 자신의 연기를 보여주고 싶었거든요.

그 이후 내가 표를 파는 일은 두 번 다시 없었고, 무대에 선 것도 그때뿐. 원래 무대에 서는 것을 좋아하지 않았기 때문에 세트에 페인트를 칠하며 지내거나 했습니다.

국문학 교수가 되는 것을 포기한 내가 다음에 흥미를 가진 것은 희곡을 쓰는 것이었습니다. 앞서 '3장 일 없이'에도 쓴 것처럼 히사이타 에이지로 선생님의 학원에 다니기 시작한 것도 그때였습니다.

1학년 2학기가 되자마자 국문과에서 예술과로 전과했습니다. 원래 전과를 인정해주지 않았지만, 가부키 연구로 잘 알려진 연극학자 카와다케 시게토시 선생님께서 총장과 담판을 지어 가능했지요. 선생님께 정말 이루 말할 수 없는 신세를 졌습니다.

카와다케 선생님은 조금 색다른 분이었는데, 어느 날은 "다음 주부터 2주간 가부키 강의니까 쉬어도 좋아."라고 말씀하셨어요. 그때는 잘 몰라서 뭔가 득이라고 생각하고 거리낌 없이 쉬었어요. 나중에 들리는 이야기로는 두 번 다 동성애 이야기였다고 해요. 게이 이야기를 여학생에게 들려주는 것이 안 좋다고 생각한 선생님의 배려였을 겁니다. 혹은 선생님도 여학생을 앞에 두고 게이 이야기를 하는 게 어려웠을지도 모릅니다. 어쨌든 좋은 선생님이었던 기억이 있습니다.

못생겼다고 이득!?

'3장 일 없이'에서도 쓴 것처럼, 와세다대를 중퇴한 후에는 쇼치쿠 영화사의 양성소에서 연구생으로 생활했습니다. 양성소에는 우수한 여자아이도 꽤 있었어요. 그러나 모두 연애 때문에 망해갔습니다,

조감독이나 양성소에 강의하러 오는 사람들과 연애하는 친구들도 많았죠. 매우 우수했음에도 (감독이 좋아서 견딜 수가 없어) 수면제를 마신 친구가 있을 정도였어요. 그 결과, 나처럼 아무도 상대해주지 않는 사람만 남은 거죠. 그러니까, 나는 못생겨서 다행이라고 생각합니다. 일절 유혹을 받지 않았기 때문에 꽤 득을 봤다고요. 정말로 유혹을 당해본 일이 없으니까요. 조금 이야기가 빗나가고 말았지만, 지금까지 살아오면서 치한에게 당해본 적도 없습니다. 그냥 한

번도. 그래서 스스로도 이상한 이야기라고 생각하지만 살아생전에 한 번 정도는 치한에게 당해봤으면 하고 생각할 때도 있었어요. 물론 정말로 치한에게 당해 괴로워하고 있는 여성도 있으니까, 함부로 말할 수는 없지만, 이것은 나에게만 국한된 이야기에요. 젊었을 때 이미 '아아, 추녀는 치한에게 당하지 않는 구나.'라고 깨달았으니까요.

일례로 학창시절 같이 영화를 보러간 친구가 "옆에 이상한 사람이 있어."라고 작은 소리로 외쳤습니다. 내가 자리를 바꿔주자, 치한은 서둘러 자리를 떠나 어디론가 가버렸습니다. 요즘 말로 엄청난 폭탄(?). 그 위력에 스스로도 놀랐지만, 나도 여자이기에 동시에 엄청난 상처를 받고 말았어요. 그런 일들을 생생히 기억하고 있습니다. 아마 이런 경험들도 '결혼 따윈 하지 않겠다.'라고 정한 원인이었는지도 모르겠습니다.

와세다대학 재학 중에도 주위엔 거의 남자였지만, 누구하나 말을 걸어오지 않았습니다. 지금도 대학시절 친구들을 만나면 "너는 다른 사람의 연애만 도와주고 있었어."라고 정다운 듯이 말합니다. 생각해보면 그때 확실히, 형수와 홋카이도로 달아났던 친구 마중을 가거나, 하는 그런 일만 했습니다.

유스호스텔에서 동료들에게 '마마'라고 불린 것처럼 뒷바라지를 해주는 일면도 있었습니다. 어쩌면, 자신을 포기하고 남에게 도움을 주려는 생각만 한 건지도 모르죠. 연애하면 큰일이라고, 어쨌든 혼자 먹고 살아가지 않으면 안 된다고 생각했으니까요.

첫사랑은 서점에서의 말없는 밀회

20~30대 때는 전혀 결혼에 관심이 없었어요. 좋아하는 사람도 생기지 않고, 도대체 남자의 어디가 좋을까, 라고 생각했어요.

하지만 따지고 보니, 더 어렸던 시절에는 나에게도 흠모하는 사람이 있었습니다. 그것은 여학생 시절, 오사카 부립 사카이여자고등학교를 다닐 때의 일입니다.

학교 근처 서점에는 부립 사카이중학교의 남학생들도 자주 오고 있었지요. 거기서 비밀스럽게 남자아이와 편지를 주고받던 적이 있습니다. 서점에서는 단 한 마디도 주고받지 않고 말입니다. 다만 가방 안에 숨겨놓은 편지를 건네줍니다. 얘기를 나누지 않는 밀회 같은 것일 거예요.

손으로 쓴 편지엔 '좋은 감정을 갖고 있어.' 같은 것이 쓰여 있었습니다. 러브레터지요. 그렇다고 해도 '이러 쿵, 저러 쿵' 했던 건 아닙니다. 지금과는 달리 전시 중에는 남녀학생이 둘이서 어깨를 나란히 하고 걷는 것조차 금기시되던 때이니까요. 교칙 위반이었죠.

나중에 그가 학도병 동원으로 출정한 자살특공대에서 전사했다고 들었을 때, 평생 남자를 좋아하지 말자고 각오했습니다.

물론 당시의 나는 확고한 군국소녀였어요. 전쟁 중이니까 사람이 죽는 것은 당연하다는 마음이 어딘가에 있었습니다. 나 자신도 죽을 각오가 돼 있었으니까요. 그래서 첫사랑이 죽었다고 들었을 때도 거의 마음이 흔들리지 않았어요. 그만큼 전시 색으로 물들어버렸던 것입니다.

그 전쟁에서 초등학교 동창들이 많이 죽었어요. 일본이 처음으로 자살특공대를 짰던 해전에 참전했던 친구들도 있었죠. "저 사람도 죽고, 이 사람도 죽었다. 그 사람도 돌아오지 않는다. …" 그런 사람들이 주변에 많이 있었습니다.

나는 같은 세대의 많은 남성이 전사해버린 세대입니다. 전쟁터에서 살아 돌아온 남자들도 우리보다 젊은 여자와 결혼했기 때문에 말하자면 결혼에서 비껴난 세대인 거죠. 체념도 있었죠. 만약 우리가 어떤 남자를 좋아해도 그 남자는 우리보다 젊은 여성과 함께 하곤 했으니까요. 그래서 나와 같은 세대에는 독신 여성이 의외로 많다고 생각합니다.

연애경험 제로의 내가 쓰는 이상

종전을 스무 살 때 맞은 나는 모든 것이 전쟁을 중심으로 돌아가는 분위기 속에서 청춘시대를 보냈습니다. 전쟁 후에는 먹고 사는 것도 어려워서, 오늘 하루를 살아가는 것조차 힘들었어요. "연애, 그따위가 무슨 의미가 있나?"라는 말처럼, 전쟁 때문에 연애감정의 싹이 싹둑 잘려버렸다고 말하는 게 좋을 것 같네요.

연애경험도 거의 없고, 질투를 낸 적도, 샘을 낼 정도로 남자에게 미친 적도 없습니다. 그렇게 생각하니, 아주 차가운 사람인지도 모르겠네요. 이런 인간이 드라마를 쓰고 있으니까, 애초에 좋은 것을 쓸 수 있을 리가 없죠. 하물며, 사랑 이야기 같은 건 절대 쓸 수 있을 리가 없습니다. 사실, 써 본 적도 없습니다.

단, 2015년의 「와타오니」 스페셜에서는 오카쿠라가의 차녀의 아들인 마코토의 진정한 부부애를 조금 썼지요. 마코토는 장인의 간호를 하며 회계사 일도 합니다. 한편, 장인은 열등감을 느끼고 모처럼 만든 마코토의 식사도 "필요 없어."라고 내던지며 도리어 애를 먹게 만듭니다. 그 와중에 아내로부터 "당신한테 미안하니까 헤어져요."라는 말을 듣지만, 마코토는 막무가내로 헤어지지 않습니다.

이 이야기도 그렇지만, 만일에 복잡한 가정환경을 경험했더라면, 나는 글 쓰는 일 자체를 그만두었을지도 모릅니다. 오히려 힘든 가정사를 겪은 일이 없기 때문에, 역경도 견뎌낼 수 있는 드라마를 쓸 수 있는 것입니다.

마코토처럼 고생은 하지만, 그래도 어쩔 수 없이 상대를 좋아하고 함께 있고 싶어 하는 것은 나의 '꿈'입니다. 만약, 실제로 경험하면 좋아하는 사람에게 상처주기 싫으니까 헤어지는 편이 낫겠다고 생각할지도 모릅니다. 아무 경험도 없이 쓰니까 스스로도 어떨 때는 너무하다고 생각하지만, 그렇기 때문에 이렇게 해주었으면 하는 동경과 이상을 쓰고 싶은 것입니다.

7 남편 없이

56세 때 남편 이와사키와

결혼은 의외로 좋은 취직자리?

이제, 그렇게 연애와는 거리가 멀던 내가 왜 결혼했을까, 입니다.

언젠가, TBS 낮 시간대 드라마를 쓰고 있는데, 프로듀서가 와서는 "테마를 바꿔 달라."고 거칠게 말합니다. 그러나 나는 물러서지 않았어요. 거기서 큰 싸움이 되었죠. 당시엔 그런 일도 드물지 않았습니다.

지금도 없지 않겠지만 방송국 직원 중엔 나 같은 프리랜서에게 고압적 태도로 나오는 이들도 적지 않습니다. 원고에 이런저런 주문을 받아서, 쓰고 싶은 것이 있어도 쓰지 못하는 일이 일상다반사입니다. 본의가 아닌 일을 하고 있으면 싫증이 납니다. 그렇다고 여기저기서 싸움을 벌이면 일거리가 줄어들게 됩니다. 애먹는 것이 무서워 마음 놓고 자신의 의견을 말하지 못하게 되는 것이죠.

당시(1964년경), 1시간 드라마 한편의 극본료는 5만 엔 정도, 원고료만으로 먹고 사는 건 힘들었고, 드라마 작가로서 스스로의 재능에 한계도 느끼고 있었습니다.

그때 머리에 떠오른 것이 '결혼은 의외로 좋은 취직자리'가 아닐까, 하는 것이었습니다. '영구취직'이라는 말을 자주 하고 있었습니다.

마침 그때 맡은 일이 「타다이마 11인」의 극본이었습니다. 이와사키 요시카츠는 기획과장이었어요. 회의 때 내놓은 기획서는 까다로웠고, 설명하는 모습부터 거만하고 자기주장만 내세우는 것 같다, 라는 것이 첫인상이었습니다.

그때 「타다이마 11인」의 차녀 역을 맡은 와타나베 미사코 씨와 TBS의 연출가 오오야마 카츠미 씨가 결혼을 하게 되어, 피로연에서 이와사키 씨와 재회했고 이후 뜻하지 않게 둘이서 저녁을 먹게 되었죠. 그때 그가 정말 너무너무 TV를 좋아한다는 정열이 전해져 왔습니다.

이론만 내세우는 것이 옥에 티였지만, 상당히 공부가 되는 말을 하기도 했고, 알고 보니 꽤 많은 월급에 거기다 독신!

그때 「타다이마 11인」의 프로듀서인 이시이 후쿠코 씨에게 "원고를 못 쓸 정도로 이와사키 씨가 좋아. '그와 함께'가 아니라면 쓸 수 없을 거 같아."라고 말했더니, 이시이 씨가 진심으로 들어버린 겁니다.

결혼상대로 보고 있었기 때문에 완전히 거짓말은 아닙니다. 거짓말은 아니지만 역시 원고를 쓸 수 없을 정도까지 좋아한다는 것은 살짝 과장이었어요.

사실, 이런 구실이 섞여 있었어요. 내 입으로 말하기엔 그렇지만, 나는 항상 극본을 빨리 끝내는 편이었어요. 그런데 당시에 쓰고 있던 「우유와 브랜디」(1966년)라는 드라마 극본이 어쩌다 늦어졌습니다. 이와사키 씨를 핑계거리로 삼았던 것이죠.

지금도 이시이 씨는 진심으로 생각하고 있을 거예요. 일도 손에 잡히지 않을 정도로 내가 그를 좋아했다고. 덕분에 "하시다 스가코가 결혼하고 싶다고 하는데."라고 이와사키 본인에게 말해주었기 때문에 결혼이야기는 순조롭게 진행되었는데….

그는 "나에게 와준다면 누구라도 좋아요. 이젠 나이가 있으니까요."라는 대답을 했다고 하더군요. 잘 생각해보면 "누구라도 좋아요."라니, 정말 무례한 이야기입니다. 나도 월급 받는 사람이면 누구라도 좋다는 태도였기 때문에, 남편에게 뭐라고 말할 순 없지만요.

하지만 생각해보면 이상한 결혼이에요. 남편의 결정에 영향을 준 것 중 하나가 바로 내 생일이었어요. 내가 태어난 5월 10일은, 공교롭게도 TBS의 창립기념일이었으니까요.

"나는 TBS에 청춘을 바쳐왔다. 네 생일이 TBS 창립기념일과 같다니, 인연이다. 5월 10일에 결혼하자!"라고 예정을 상당히 앞당기며 경사스런 결혼의 단계까지 갔습니다.

사귄지 겨우 3개월. 지금이라면 초스피드 결혼이라고 할까요. 마침 생일을 맞은 내가 마흔한 살, 남편이 서른일곱 살이었습니다.

이시이 씨는 처음엔 우리 둘의 결혼을 반대했습니다. "저런 술고래, 안 되겠어!"라고. 하지만 나는 '의외로 술고래가 편할지도 몰라.'라는 타산이 작용하고 있었어요. 취해서 돌아오자마자 바로 잠든다면 나 자신의 시간을 많이 만들 수 있잖아요.

성실하고 가정적이어서 일이 끝나면 곧바로 집으로 돌아오는 사람이라면, 혹시 반찬투정이나 청소문제를 가지고 타박할지도 모르는 일이죠. 다소 허술한 술고래가 나에게 맞을지도 모르겠다고 생각했습니다.

결혼 전 이와사키는 항상 꾸깃꾸깃한 와이셔츠를 입고 있었어요. 며칠이나 세탁도 하지 않은 와이셔츠를 태연하게 입고 있는 것을 보고 '잘 됐어. 이 남자는 분명히 털털할 거야.'라는 계산도 작용했던 것입니다. 뭐, 뚜껑을 열어보니 정말 큰 오산이었지만요.

남편은 전형적인 A형으로, 깔끔합니다. 집안을 깔끔하게 청소하지 않으면 직성이 풀리지 않는 성미였죠. 세상에는 혈액형 성격테스트를 믿을 수 없다고 생각하고 있는 사람도 있는데, 나는 그렇게 생각하지 않아요. 참고로, 이렇게 말하는 나는 전형적인 B형입니다.

업무 복귀는 아이가 없으니까

나는 결혼하면 일을 그만둘 작정이었어요. 아이를 갖기 위해서요. 남편도 "드라마 작가와 결혼할 생각은 없어."라고 말하기도 해서 그만두는 것도 나쁘지 않다고 생각했었죠. 전업주부가 되서 아이를 키우는 '평범한 아내'가 되기로 생각하고 있었어요.

결혼 전에 이시이 씨가 "마흔하나나 먹은 여자의 중매쟁이 노릇을 했는데, 당신이 아이를 낳을 수 있다는 증명서를 받으러 가지 않으면 안 된다."라며 병원으로 데리고 가서 검사를 받기도 했었지요. 요즘 세대라면 생각할 수도 없는 일이겠지만요.

의사가 앞으로도 5년은 더 임신할 수 있다고 해서 자신감을 갖고 이와사키에게 시집을 왔던 것이죠. 나도 아이를 기다리고 있었지만, 이것만은 신이 내려주시는 것. 그 후에도 우리 부부에게 아이가 생기는 일은 없었습니다.

의사는 "여러 가지 방법이 있으니까, 한 번 남편을 데리고 오세요."라고 했지만, 결국 남편에게 전하지 않았어요. 같이 병원에 가서 만약, 남편 쪽에 문제가 있는 것으로 드러나면…, 남편에게 상처가 될지도 모르겠다고…, 말하지 않았습니다.

다행히 남편이 다섯 형제여서 시어머니에게는 손주가 많았어요. "아무래도 손자 얼굴이 보고 싶어."라는 등의 말을 하지는 않았어요. 오히려 "아이들 같은 건 믿을 수 없어, 없어도 돼."라고 말씀해 주셨습니다. "그것보다, 네 남편을 잘 돌봐주길 바란다."라고.

그 부분은 시어머니도 어른이었던 겁니다. 남편과 내가 상처받지 않도록 배려했을지도 모릅니다. 혹은, 내가 모르는 곳에서 남편이 시어머니의 입단속을 했는지도 모르죠. 아니면 때마침 장남의 아들이 사춘기였기 때문에, '손주는 이제 됐어.'라고 생각하고 있었을지도 모릅니다. 이제 와서 이유는 모르겠지만, 아이에 관해 시어머니가 이래라 저래라 하지 않는 것은 정말로 고마웠습니다.

남편은 남편대로 "그동안 몇 명의 여자와 놀아봤지만 '아이가 생겼다.'고 들어본 적이 없었어."라고 시치미를 떼며 말했습니다.

얼마 후, 이시이 씨로부터 "아이가 생기지 않으니까 다시 '도시바 일요극장'을 써줘요."라는 얘기를 들었습니다. 나도 일을 하고 싶다는 생각이 쑤~욱 하고 생겼습니다. 남편에게 상의해보니 "내 눈앞에 원고지를 펼쳐놓지만 않으면 일을 해도 괜찮아."라고 말했어요. "우선 제대로 집안일을 하고 여력이 있다면 일을 해도 좋아."라는 전제를 달고 말이지요.

그렇게 다시 텔레비전의 세계로 되돌아간 것입니다.

다만, "○○ 드라마를 쓰고 싶어요. 써도 될까요?"라고 남편에게 물어보는 일은 계속되었죠. 물어보지 않으면 화내는 걸요.

1968년부터 방영되었던 아침 TV소설 「내일이야말로」 의뢰가 NHK에서 왔을 때도 마찬가지. 1년 동안 방송되는 연속극이라 집안일을 하면서 극본을 쓰는 것은 무리라고 생각하고, 남편에게 "거절하는 것이 좋겠어요."라고 얘기하자, 의외로, "기회니까 해." 하며 등을 밀어주었어요. 덕분에 이 드라마가 NHK에서의 첫 번째 일이 되었습니다.

'받고 싶다'라는 것이 부부의 문제

부부에 대해서는 지금까지 여러 책에 써 왔지만, 남편 생전에 내 친구가 집에 오면 언제나 놀랐어요. "어떻게 이렇게까지 남편을 함부로 대하는 거야?"라거나, "그렇게까지 남자를 얕보다니, 여자는 적이다."라고까지 말한 적도 있었죠.

하지만 내 생각은 일관되어 변함이 없습니다. 예전처럼 딸이 부모에게 팔리는 시대라면 몰라도 지금은 결혼한 이상 자신의 책임이라는 것 이외에 그 무엇도 아닙니다.

남편이 싫어서 매일 화를 내느니 결혼 따위 하지 않으면 됩니다. 결혼하고 나면 끝입니다. 그것 역시 책임감을 가져야 한다고 생각합니다.

나 같은 경우는 원고를 쓰기 위해 되도록 기분 좋게 있어주길 바랐어요. 마음에 안 드는 일이 있을 때마다 일일이 싸움을 벌이면 그 날은 마음에 풍파가 일어 일을 할 수가 없습니다. "네, 네." 하고 내가 말을 들어주면 마치 해질 무렵의 잔잔한 바다처럼 가정은 원만하고 평온합니다. 즉, 내 마음의 평정을 유지하기 위해 남편의 말을 들어주었다는 말입니다.

밖에서 보면 '참을성 있는 양처(良妻)'로 보였을지 모르지만, 사실 이기주의가 이를 데 없었죠. 만일 내가 일을 갖지 않았다면 더더욱 고집쟁이 아내가 되었을 것이라고 생각합니다.

지금까지 여러 부부를 만나봤습니다. 상대에 대한 불평을 마음속에만 담아두는 경우를 거의 보지 못했습니다. 남편 욕을 하는 사람들에게 묻곤 했죠. "당신이 결혼을 결정한 거 아닌가요?" 그러면 "나는 꼭 지금 남편과 결혼하고 싶었던 건 아니에요."라는 답이 돌아와요. 하지만 이제와 그런 말을 해봐야 이미 늦었답니다. 상대가 어떤 사람인지 알아차리지 못한 건 바로 다름 아닌 자기 자신이니까요.

나는 크루즈를 타고 긴 여행하는 것을 좋아하지만 배에서 폭군 같은 남편을 가진 부인도 많이 보았습니다. 어느 땐가 남편을 여의고 홀로 여행에 나선 부인을 배에서 재회했는데, 놀랄 만큼 멋지고 예뻐져 있더군요. 정말 편안해 하고요. '아, 남편이 그토록 무거운 거구나.'라고 결혼 생활의 어려움을 되새기는 순간이기도 했습니다.

부부 사이에서 문제가 일어나는 것은 남자나 여자나 상대에게 무언가를 '받고 싶다'고 생각하기 때문이죠. 가끔 저에게 결혼을 해야 하냐는 결정문제로 상담을 요청하는 경우가 있습니다. 그럴 때면 "해주고 싶다고 생각하고 결혼해라."라고 말해줍니다. 상대에게 "맛있는 것을 먹여주고 싶다."라든가, "말하는 걸 들어주고 싶다.", "거짓말이라도 좋으니 칭찬해주고 싶다." 등 뭐든 좋습니다. 그런데 무엇인가 '받고 싶다'라고 생각하고 결혼하면 길게 가지 않습니다. 상대에게 어떤 것을 기대하고 결혼하는 것은 절대로 안 됩니다. 왜냐하면 좋은 일은 없기 때문이죠. 서로 '며느리로 받아주었다.', '며느리로 보내주었다.'라고 생각하지만, 그렇지 않습니다. '잘 와주었다.', '잘 받아주셨다.'라고 생각한다면 결혼 생활은 행복할 것입니다. 서로의 부모도 그렇죠? '아들며느리로 맞아주었다', '딸을 보내주었다.'라고 각각 생각합니다.

나는 진심으로 남편에게 '결혼해달라고' 생각하고 있었습니다. 남자에게 구애를 받지도 못했고 연애의 '연'자도 모르는, 원래는 누구도 받아주지 않았을 텐데, 감사하게도 받아주는 사람이 있었다, 고.

남자는 체면을 세워줘야

남자 체면을 여자가 얼마나 세워줘야 하는 걸까 하고, 아버지와 함께 있을 때마다 생각했어요. 그렇다고 남자를 응석받이로 만드는 것과는 또 별개입니다. 물론 응석받이로 기르고 싶을 만큼 귀여운 남자는 좀처럼 없습니다.

'세우다'란 언뜻 남자를 위한 것처럼 보이지만, 사실은 여자가 자신의 존재를 나타내는 것과 같습니다. 보는 눈이 있는 사람은 보고 있습니다. 아, 이 사람은 부인의 내조의 힘이 있었기 때문이야, 라고.

결혼을 결심한 이상, 상대방의 좋은 점이 있다고 생각했으니까, 그 장점을 세워줍니다. 남자는 체면은 세워주는 것밖에 없습니다.

다만 추어올리기도 '현명하게' 하는 것이 필요하죠. 너무 쉽게

치켜세워서는 안 됩니다. 나는 항상 "감사합니다."라고 말했어요. 그건 내 진심이기도 했습니다.

중요한 것은 말로 표현하라는 것입니다. 남자는 말로 표현하는 걸 잘 못하는 것 같아요. 그래도 여자는 "그쪽은 말하지 않는데, 왜 내가 먼저 말해야 돼?"라며 고집을 부릴 것이 아니라, 먼저 말해야 합니다. 남자는 표현이 서툴면서도 자존심은 세니까요.

주위를 둘러보세요. 못난 남자일수록 쓸데없이 자존심이 높습니다. 남자가 "당신은 아무런 도움이 되지 않아!"라는 말을 듣는다면, 그 파괴력이란…. 하지만 지금은 여자가 태연히 그런 말을 하니까, 부부 사이가 틀어져버리는 것입니다.

친구와 그녀의 남편과 셋이서 이야기를 하던 때의 일입니다. "이 사람은 놀기만 해서 나만 힘들어."라고 친구가 말했어요. 듣고 있는 내가 더 조마조마했죠. '앞으로 이 부부는 어떻게 될까?'라고 걱정하고 있던 차에, 결국 이혼했단 소식을 들었습니다.

어쨌든, 제삼자가 보는 데서 남편을 비판한다면 부부생활이 순탄할 리 없습니다.

데면데면하게 칭찬하라는 말은 아니지만, 남 앞에서 남편을 받드는 것도 아내의 역할이라는 이야깁니다.

지금은 '세우다'라는 것을 모르는 젊은 여성도 적지 않습니다. 그렇다면 일러주어야 합니다.

남자를 세워 줄 수 없다면 "결혼하지 말고, 평생 혼자 살아라."라고 말하고 싶습니다.

내 결혼 생활을 회상 해봐도 남편에게 말대꾸를 한 적이 거의 없습니다. 고쳐주기를 바라는 마음은 있지만, 말해서 고쳐진다면 진작 고쳤을 겁니다. 절대로 고칠 수 없을 거라고 포기하고 있었지요.

그렇지만 이렇게 말하는 나도, 결혼 초에 여러 가지를 남편에게 부탁한 적이 있었습니다.

예를 들면, '돌아올 때 콜'도 한 가지. "오늘은 늦으니까 저녁은 필요 없어."라는 그 한 마디로 좋아요. 전화비도 10엔이면 충분하죠. 일일이 남편에게 부탁했지만 전혀, 그에게서 전화가 오는 일은 없었습니다.

언젠가, 연락 없이 남편이 외박을 했을 때, 나의 분통이 뚝 하고 소리를 내며 끊어져버렸어요.

장롱에서 꺼낸 것은 그가 제일 마음에 들어 하던 양복. 그것을 가위로 갈가리 찢어서 현관 앞에 놓아두었지요.

새벽에 돌아와 찢긴 양복을 본 남편은 얼마나 창백한 얼굴이 되었을까요. 등골에 식은땀도 흘렀겠지요. 사실 그가 동요하는 모습을 지켜볼 정도의 악취미는 없었지만, 상상하기 어렵지는 않았죠. 항상 무슨 일이 있어도 잘난 체하던 그가 그날만은 기특하게도 아침을 먹고 있었으니까요. 결국 그 뒤에도 전화를 걸어오는 일은 없었습니다만.

그러나 어느 날, 찻집에서 나와 회의를 마친 프로그램 스태프의 모습을 보고나서 생각이 바뀌게 되었습니다. 이야기가 일단락되자 스태프가 천천히 가게 공중전화로 가더니 "지금 돌아갈 거야." 하고 전화를 걸고 있었어요. 아차! 하는 생각이 들었어요. 지금까지 몇 번이나 연락을 요구해왔지만, 남편이 저렇게 되는 것을 원한 것은 아니라고 생각했어요.

지금은 휴대전화로 몰래 연락할 수도 있지만, 밖에서는 연락수단이 공중전화밖에 없던 시절입니다. 주위 사람에게 들킬 염려가 있습니다. 그런 걸 시키면 아내에게 알랑거리는 남자로 낙인찍힙니다.

내 눈으로 실제를 확인한 후에야, 비로소 남편 쪽 입장에서 생각할 수 있었습니다. 그때부터는 아무리 늦게 들어와도 두 번 다시 남편에게 연락을 요구하는 일은 없었죠.

결혼 생활에서 받은 것

결혼을 통해 생활의 안정을 얻자마자 내 일에도 좋은 효과가 생기기 시작했습니다. NHK에서 첫 일을 얻은 것도 남편의 덕. 아침 드라마인 TV소설 「내일이야말로」입니다. '기혼자니까 스캔들은 없을 거야.'라는 이유로 발탁된 것 같은 느낌이 들었습니다. 아침 드라마 작가가 이상한 소문이라도 나면 프로그램에 영향을 미칠 우려가 있었기 때문입니다. 즉, 아침 드라마의 극본을 쓸 수 있었던 것은 결혼한 덕분이었던 거죠.

또, 1976년에 NHK에서 방영된 TV소설 「옆집의 잔디」는 결혼하지 않았다면 못 썼을 드라마입니다. 힌트가 된 것은 라디오의 인생 상담 프로그램이었어요. 부엌에서 설거지나 방청소 등 집안일을 하면서 어디서나 들을 수 있는 라디오는 나에게는 없어서는 안 되는 것이었죠. 상담자의 시어머니는 어떤 사람일까? 이 상담자는 어떤 삶을 살고 있을까? … 얼굴은커녕 이름도 모르는 가족에게, 상상은 점점 커져갔어요.

그런 것이 힌트가 되어 고부갈등을 테마로 한 것이 「옆집의 잔디」. 물론, 결혼하고 나 자신에게 시어머니와 시누이가 생긴 것도 제작의욕을 북돋게 한 이유가 되었습니다.

그런데 핵가족이 늘어나면서 고부문제 등은 케케묵었다고, 처음에는 NHK에서도 TBS(후에 TBS에서도 방영했다)에서도 No Good. 하지만 막상 방송이 시작되자 큰 반향을 일으켰습니다.

「옆집의 잔디」를 썼을 때에는 양심의 가책을 느끼지 않을 때가 없었습니다. 우리 가족을 소재로 한 것도 왕왕 있었죠. 죄송하다는 마음도 있었어요. 그 후, 남편에게 꼼짝 못하게 돼버렸죠. 왜냐면 누가 모델이 된 건지 분명했으니까요. 덕분에 「옆집의 잔디」는 '옆집' 시리즈로서 계속 히트작이 되었습니다.

결혼하고 나서는 방송국 쪽에서 핀잔을 줄 때 납득이 가지 않으면 "그만 두겠어요."라고 말할 수 있게 되었습니다. 이것도 오로지 남편의 덕. 정말로 월급 '님'입니다. 디렉터나 프로듀서와 싸우고 두 번 다시 일을 할 수 없어도, 내가 먹고살기 곤란할 일은 없습니다. 자연히 구부러지기 싫어도 구부러질 수밖에 없는 상황이 없어졌습니다. 그런 걱정이 없어져서 쓰고 싶은 것을 쓰기 시작하자, 이상하게도 호평을 받을 수 있게 된 겁니다.

게다가, 결혼상대가 같은 업계 사람이었던 것도 나에게는 고마운 일이었습니다. 내 남편이기 때문에 이런 말은 하는 것은 입찬소리지만, 사방의 방송국 쪽에서 "TBS에 이와사키가 있다."고 말할 때였습니다. 나도 "그 녀석 마누라니까 시끄럽다."고 여겨졌던 것 같아요.

남편이 영화부에 재직하고 있을 때, 미국 텔레비전 드라마 「아내는 요술쟁이」를 매입했죠. 착안점이 날카로운 사람이었어요. 그 계약 협상 때, 남편이 몇 자 적어 놓은 게 있었습니다. '계약이 성립되면 나는 결혼합니다.'라고. 아직 나와 만나기도 전이고 약혼자도 없던 때라고 하는데, 그것을 도호쿠 신사의 어떤 분이 가져갔다가 우리가 결혼할 때 액자에 끼워 축하선물로 주셨어요. 지금도 소중히 간직하고 있습니다.

남편으로부터 텔레비전에 관한 여러 가지를 배웠어요. '드라마 뒤엔 드라마를 보여 준다.'라는 것도 그중에 하나.

보통 아마추어의 감각으로 말하면 그 반대라고 생각하지 않나요? 시청률이 높은 드라마를 타 방송국에서 방영하면, 그 편성은 포기하고 다른 장르의 프로그램을 배치하겠다고 생각합니다. 하지만 '다음 방송시간대에 드라마를 내보내서 높은 시청률 드라마 시청자를 몽땅 턴다. 그 시간대에 드라마를 보는 사람은 정해져 있다.'라는 것이 남편의 지론.

듣고 보니까 확실히 그렇습니다. 어느 방송국에서 방영하고 있던 높은 시청률의 두 시간짜리 편성 미스터리 드라마가 있었죠. 그 다음 편성으로 시작한 것이 「와타오니」입니다.

결과는 남편이 말한 그대로. 미스터리 드라마의 시청자가 「와타오니」로 몰리면서 오히려 앞에 그 미스터리 두 시간짜리 드라마 편성은 무너졌으니까요. 이론이 앞서지만, 말은 정곡을 찌르고 있었어요. 남편은 그런 '텔레비전맨'이었습니다.

결혼에 따라온 큰 오산

되돌아보면, 시간을 사용하는 방법도 남편이 생긴 후 능숙하게 되었습니다. 남편 앞에는 원고지를 깔아놓지 않겠다고 약속했으니 그가 돌아오면 한 글자도 못씁니다. 늘 긴장감을 갖고 원고지와 마주하지 않으면 안 되었습니다. '시간은 스스로 만드는 것'이라고 말하지만, 인간이니까 아무래도 스스로에게 응석을 부리고 맙니다. 남편이 죽고 혼자되고부터는 '언제든지 쓸 수 있다.'는 생각에 긴장감을 잃고 말았어요. 오히려 결혼하고 '불편'할 때 더 일을 열심히 한 것 같습니다.

사람과의 관계에 서툰 나를 대신해 남편이 도맡아준 적도 있었어요. 얌전히 집에만 있는 성격이 아닌 남편이 그렇게 관계를 정리해준 덕분에 나는 집에서 혼자 일을 할 수 있었죠. 해서 지금도 "이와사키 씨에게 많은 신세를 졌어요."라고 남편의 친구들이 말하곤 합니다.

이렇게 고마웠던 일이 있었던 반면, 힘들었던 일도 수도 없이 많습니다. 남편은 남을 집에 들이는 것이 싫다면서 단호하게 가정부가 오는 것을 반대했습니다. "아내라는 하녀가 했는데, 왜 하녀한테 하녀를 붙이냐고?" 하는 게 입버릇이었어요.

다만 아침 드라마 「오싱」(1983~84년 방송)을 쓸 때는 이시이 씨가 걱정된 나머지 가정부 한 명을 소개하기도 했습니다.

첫날엔, 호감을 갖게 하기 위해 가정부가 오기 전에 여기저기 청소하고 집 안을 반짝반짝 닦았죠. 스스로 만족해하며 이제나 저제나 가정부를 기다리고 있었어요.

그러나 가정부가 오자마자 "가정부는 안 돼."라는 남편의 단호한 한 마디. 모처럼의 이시이 씨의 호의가 물거품이 되고 말았어요. 결국 남편이 투병생활에 들어가기까지 가정부는 한 명도 고용할 수 없었습니다.

저녁밥도, 남편이 먹든 안 먹든 상관없이 만들어두지 않으면 안 되었죠. 비록 밖에서 먹고 와도 "오차즈케가 먹고 싶다."고 말할 때도 있습니다.

그렇게 준비했던 저녁이 남으면 항상 내가 먹었죠, 매일. 덕분에 결혼 후 통통하게 10kg이나 쪘습니다. 지금도 생각합니다. 아까워도 버렸어야 했어, 라고.

내가 일 때문에 오랫동안 집을 비울 때는 그 날짜만큼의 요리를 만들어 냉동했다가 '렌지에 데워 드세요.', '석쇠에 구워 드세요.' 라고 메모를 남겨둡니다. 먹지 않을 거라는 걸 알지만 만들어놓고 집을 비웁니다.

돌아와 보면 역시나 하나도 손대지 않았습니다. 그래도 만들어두지 않으면 기분이 좋지 않습니다. 게다가 내가 돌아오면 반드시라고 할 만큼 열을 내고 누우니 마치 어린아이 같아서 감당이 안 됩니다. 마누라 없는 동안 날개를 펴고 놀았던 탓이지, 라고는 생각하지만 여행으로 집을 오래 비웠던 처지에서 불평도 할 수 없습니다.

언제부턴지 귀가가 늦을 때는 집으로 친구를 데리고 오게 되었어요. 지금도 오와다 바크 씨는 "밤에 선생님 댁으로 가는 것을 죄송하게 생각하고 있었지만, 이와사키 씨에게 끌려가고, 그래서 선생님께서 술을 내오시면 식은땀이 났어요."라고 말합니다. "미안, 지금까지 이 녀석과 있었어."라는 남편의 알리바이 증인으로 이용된 거죠. 이것도 남편의 나에 대한 무언의 마음이었겠지만요.

그럴 때는 화를 안 내고 웃으며 말합니다. "수고하셨어요. 오늘은 또 훨씬 기분이 좋네요."라고. 비슷한 남편 때문에 곤란해 하는 아내들은 한 번 시도해보세요. 분노보다 훨씬 효과적이에요. 내 남편도 빌려온 고양이처럼 곧바로 얌전해졌으니까요.

이런 식이었기 때문에 결혼 초, 도쿄에서 아파트 생활을 할 때는 항상 손님 접대에 쫓기고 있었어요. 남편이 손님을 너무 데려와서 같은 아파트에 손님용 방을 샀을 정도였습니다.

"당신은 집에 있고, 손님방엔 안 와도 좋아."라고 말했지만 "네, 그래요."라고만 할 수 없습니다. 손님방으로 남편이 들어가면 바로 뒤쫓아 가서, 손님에게 인사를 마치고, 뭔가 가벼운 안주나 야식을 내놓고 집으로 돌아옵니다.

오신 손님에게는 오히려 신경을 쓰게 만들었는지도 모르지만, 나도 같은 업계에서 일을 하고 있으니까, 그분들에게 언제 신세를 질지 모릅니다. 전혀 무관하지 않을 것입니다.

게다가 이와사키의 아내가 되었으니 이 정도 일은 하는 게 당연합니다. 월급만 받아놓고 아무것도 하지 않으면 변명이 될 수도 없잖아요.

이와사키가의 지갑사정

지금과는 달리 현금으로 급료를 받던 시절, 일단 남편으로부터 월급봉투를 통째로 건네받았어요. 온순하게 "월급 감사합니다."라고 인사하고 공손하게 신단*에 바칩니다. 남편은 아주 만족스러운 얼굴을 하고 있었을 겁니다.

다만「옆집의 잔디」를 쓴 무렵부터 나의 원고료와 남편의 벌이가 역전되었습니다. 남편은 나를『잭과 콩나무』의 콩나무로 비유 했습니다. 어느 새 하늘로 날아오르고 말았다고. 왠지 미안했어요. 다만 자신을 잭으로 간주해 "내가 물을 준 덕분에."라고 한 마디 덧붙이는 것도 잊지 않았지만, 남편으로서의 자존심과 내가 하시다를 키웠다는 자부심이 복잡하게 뒤섞였는지도 모릅니다. 그래서 그런 것

* 神棚. 집 안에 신을 모셔놓은 선반 또는 제물상. 일종의 소형 신사(神社).

은 아니지만, 용돈은 남편이 달라는 대로 주고 있었어요.

이 생활이 달라진 것은 1984년 8월 31일부터. 잊지도 않습니다. 남편이 35년 간 근무한 TBS를 55세로 정년퇴직한 날입니다. 그는 정년 후에 '이와사키기획'이라는 회사를 만들어 내 원고료 관리 및 대외적인 교섭과 사무를 해주었어요. 도쿄의 아파트에 사무소를 준비하고 프로덕션을 만들어 그곳에 내 원고료가 들어가게 해서 모든 것을 남편에게 맡기기로 했어요. 그때까지 모은 돈도 통장도 다 남편에게 맡겼습니다.

그것이 정년이 된 남편, 적어도 자존심을 유지하는 방법이라고 생각했습니다. 이제 내가 남편에게 용돈을 조금씩 받는 삶이 시작된 거죠.

그러나 나도 때로는 옷도, 구두도 사고 싶었죠. 그때마다 "돈 주세요."라고 부탁하자, "지금 갖고 있는 옷이 헤지면 사줄게.", "지금 있는 구두가 전부 닳으면 사줄게."라며 이래저래 토를 달고 전혀 돈을 주지 않았습니다. 어쩔 수가 없어서 필요할 때는 이시이 씨에게 애원해서 돈을 빌린 적도 있습니다.

하지만 나중에 지갑을 굳게 닫고는 나에게 어느 정도의 재산을 남겨두었다는 것을 알았습니다. 남편에게 감사해하고 있어요. 나 같은 낭비벽이 펑펑 돈을 쓰지 않은 것은 그의 덕분이니까요.

두 번째 삶으로 활기차게 만든 프로덕션인데, 그 직후에 경추인

대가 골절되어 신경을 누르는 병에 걸려 남편은 목 수술을 받았습니다. 나았다고 생각했는데 폐암이 발견되고, 정년 후는 병으로 거의 일다운 일을 하지 못했어요. 그 마음속을 생각하면 무척 억울하지 않았을까요?

비밀이 통했던 남편의 병

남편의 암이 밝혀진 것은 1988년의 가을입니다. 병원의 살풍경한 방에 나만 혼자 불려갔습니다. 폐암으로 이미 횡격막에 전이가 보인다는 주치의 선생님, "길어도 반년 정도라고 생각하세요."라고. 눈앞이 하얘져서 바로 옆에 있는 선생님의 목소리가 어딘가 멀리서 들리는 것 같았습니다. 전신에서 싹하고 핏기가 빠지는 것을 분명하게 느꼈던 기억이 있습니다.

그때 마침, 내가 NHK 대하드라마 「춘일국」 극본을 쓰기 시작했을 무렵이었어요. 간병을 하면서 1년 동안 계속되는 대하드라마 일을 도저히 할 수 없을 것 같았습니다. 각오를 하고 이시이 씨에게 "「춘일국」에서 하차할게."라고 상담했더니 바로 말렸습니다. "하차하면 반드시 이와사키 씨는 자신의 병세가 무겁다는 걸 눈치 채겠지."라고. 남편에게는 아무래도 암이란 사실을 숨기고 싶었어요. 수술해서 회복되는 거라면 본인에게 알렸을 겁니다. 하지만 어떤 치료를 해도 다시 회복될 가능성이 없다면, 아무것도 모르고 내일의 희망을 가진 채 최후를 맞는 것이 행복할 거라고 생각했습니다.

그렇게 마음을 정했지만, 그때부터가 지옥이었습니다. 혼자서는 안고 갈 수 없는 불안함. 그래도 사실을 남편이 깨닫지 못하도록 하는 것만으로 코가 석자. 게다가 일이 첫 번째인 남편은 나에게 원고를 쓰게 하기 위해 이것저것 트집을 잡아 나를 병실에서 밀어내려고 했습니다. "빨리 돌아가.", "시끄럽다.", "네 목소리 들으면 짜증이 난다."라면서 병실에 가면 항상 쫓아버립니다. 아마도 그게 남편의 서툴지만 나에 대한 최선의 애정표현이었던 것 같아요.

NHK에는 남편과 친한 사람도 있어서 「춘일국」 대본을 입원 중인 남편에게 자주 가지고 왔습니다.

그때는 남편에게 "참, 너도 실력이 많이 떨어졌구나."라고 흔히 들었어요. 그것을 옆에서 듣던 이시이 씨가 "뭐야? 남편 병을 걱정하면서 쓰는데, 잘도 그런 말을 하네."라고 합니다. 나중에 슬그머니 달래주었던 때도 몇 번이나 있었어요. 하지만 '텔레비전맨'이었던 남편의 눈은 흐려지지 않았어요. 간병피로와 불안과 거짓말을 계속하는 생활에 내 원고의 감이 떨어진 것은 확실했으니까요. 그래도 후반엔 뭔가 좋은 원고를 써서 그에게 보이는 것이 남편에 대한 석별의 애정이라고 생각하고 열심히 극본에 몰두했습니다.

결국, 마지막을 알리지 못한 채 1989년 9월 27일에 남편은 60세로 세상을 떠났어요.

돌아가시고 나서 "남편은 당신이 열심히 감추려했기 때문에 알고도 모른 척 했을 거야."라고 하는 사람도 있었지만, 나는 끝까지 모른 채 저세상 사람이 되었다고 지금도 믿고 있습니다.

하시다재단의 탄생은 남편 덕분

아마 남편은 자신의 죽음을 예상하지 못했을 거라고 생각합니다. 만나기로 약속한 증권회사 사람이 남편의 사망 한 시간 후에 찾아왔으니까요.

그때, 앞에서도 쓴 것처럼 나에게 용돈도 꺼리던 만큼, 돈에 민감하던 남편에게 돈 관리를 맡겨서 다행이라고 생각했어요.

그렇게 건넸던 내 원고료는 남편이 주식에 대신 투자를 해주고 있었어요. 증권이 있다는 것을 알았을 때 이시이 씨가 "바로 팔아라!"라고 말해주었어요. 때마침 일본의 경기가 가장 좋았던 시절, 확실히 그 시점에서 팔지 않았다면 삼분의 일의 가치밖엔 안 됐겠죠.

그것을 자본으로 설립한 것이 '하시다문화재단'입니다. 남편은 생전에 "네가 죽으면 '하시다상'을 만들 거야."라는 말을 많이 했습니다. 나는 거의 농담 정도로 넘기고 있었지만, 아무래도 진심인 듯 주위 사람에게도 조금씩 흘리고 있었던 것 같습니다.

매년, 신인작가나 텔레비전에서 좋은 일을 한 분과 프로그램에 상금이 붙은 상을 줍니다. 그렇게라도 우리 부부가 신세를 진 방송업계에 도움이 되는 일을 하고 싶었습니다.

그런데 재단의 출범에는 생각 외의 자금이 필요하고 유산을 사용해도 부족하더군요. 감사하게도 그 부족분을 TBS가 내주겠다고 했어요. 대신 TBS에선 담보로 1년짜리 연속극 극본을 요구했지만요. 이렇게 해서 탄생된 것이 「와타오니」. 이 드라마는 '빚을 담보'로 태어난 드라마였던 것입니다.

1년에 걸친 드라마라 이야기 얼개가 많아야 한다고 생각해서 주인공을 대가족으로 잡았어요. 그것도 주인공이 여자라면 시댁에서 일어났던 여러 가정문제를 친정에서 풀어놓기도 하잖아요. 그래서 오카쿠라가의 다섯 자매가 탄생하게 된 거지요. 허술하다면 허술한 얼개일 겁니다. 하지만 설마 이 드라마가 시리즈로 20년 이상 계속되리라고는 전혀 생각하지 못했습니다.

덕분에 1992년, 남편의 염원대로 하시다문화재단을 설립하게 되었습니다.

남편에게 받은 최고의 선물

결혼 생활을 되돌아보니, 나는 꽃 한 송이 남편에게 받아본 기억이 없습니다. 물론 "고맙습니다.", "사랑해." 따위의 말도 들은 적이 없습니다. 생일선물을 받아 본 적도 없습니다. 매년 생일에 남편에게 받은 것으로 말하면, TBS 창립 기념으로 나온 홍백만주나 월병 정도.

그래서 은퇴한 남편이 파리로 여행 갔을 때, 당시 유행했던 까르띠에 목걸이와 보라색 다이아몬드가 달린 반지를 선물로 사왔을 때는 정말 놀랐습니다. 솔직히 기뻐하기는커녕, 오히려 나쁜 일이 일어나는 것은 아닐까 걱정이 되었죠. 살이 쪄버린 내 손가락에는 이제 그 반지가 들어가지 않지만, 목걸이는 지금도 소중하게 가지고 있답니다.

남편이 죽은 후 20년 정도 지나서였습니다. 그때 파리 여행에서 남편이 신세를 졌던 가이드로부터 편지가 왔습니다. 편지에는 남편의 파리에서의 모습이 쓰여 있었어요.

“이와사키 씨는 여행 중에 ‘우리 하시다가… 우리 하시다가…’ 라고 계속 말씀하셨어요. 또 하시다 씨에게 선물을 무엇으로 할까 고민하며 ‘이거, 마음에 들까?’라고 몇 번이나 되풀이해 묻더군요.”라고 쓰여 있었습니다.

평소에는 선물하나 없던 남편이, 빼곡히 늘어선 액세서리를 앞에 두고 이것저것 고민하는 모습을 상상하니 왠지 이상하기도, 사랑스럽기도 했어요. 내가 없는 곳에서 소란스럽게 반지를 골라준 것이구나, 라고 생각했어요.

선물다운 선물이라고 하면 전무후무였습니다. 남편에게 항상 얘기 했어요 “비록 밖에서 여자와 노는 일이 있어도 내 귀에는 절대로 들어오지 않게 해주세요. 모르는 게 약이니까요.” 그래서 어쩌면 불장난 한두 번은 했는지 모르겠지만, 내 귀에는 정말로 아무것도 들어오지 않았죠.

드라마의 한 장면처럼 남편의 장례 때 여자가 올지도 모른다고 일단 각오는 하고 있었지만, 이렇게 깨끗하다니, 아마 내가 걱정한 만큼 인기가 있었던 건 아닌가 봐요.

지금도 남편과 함께 한다

남편의 병을 알고부터 1년 간 불안했던 나날을 보냈습니다. 남편이 죽고 나면 일어설 수 있을까, 하고 생각했는데 막상 저세상 사람이 되고 나니, 생각보다 외롭지 않았다기보다 안도감조차 느꼈습니다. 암이라는 것을 알았을 때부터 1년 간 거짓말을 하고 있는 것이 생각보다 힘들었던 것도 아마도 그런 이유일 겁니다. 그래서 남편이 자신의 여명을 모르고 죽었을 때는 이제야 내 역할을 해냈다는 기분이 들기도 했어요. 물론 암이라는 것을 알리지 않은 편이 좋았는지 아닌지는 지금도 내 안에서 뚜렷한 대답은 나오지 않고 있지만요.

죽고 나면, 여러 가지 걱정과 생고생하는 일도 없어집니다. 이곳(아타미)과 도쿄에서 남편과 떨어져서 살던 때는 '담뱃불은 잘 끄고

자나?', '제대로 밥은 먹고 있을까?', '어쩌면 바람을 피우는 건 아닐까?' 등등의 여러 가지 불안이 몰려올 때도 있었어요. 그래서 남편의 죽음 이후 드디어 모든 것이 내 것이 되었다고 생각했습니다. 남편의 일을 뭐하나 걱정하지 않아도 괜찮은, 그런 평온한 날들이 찾아온 것입니다.

만약 내가 먼저 갔다면 아마도 남편은 혼자 힘으로 살아갈 수 없었을 거라 생각합니다.

귀여워하던 조카딸을 "양녀로 삼고 싶다."라고 말했지만, 그것도 "내가 혼자 남으면 누가 봐주지?"라는 상당히 제멋대로인 이유를 댔으니까요.

남편의 사망 후 30년 가까이, 나는 혼자의 생활을 마음껏 즐기고 있습니다. 하지만 완전히 혼자라고 할 수 없을지도 모르겠네요. 아타미 집에 있으면 남편이 곁에 있는 느낌이 들거든요. '아, 지금은 2층 서재에 있구나.'라고 생각하거나 '이번에는 거실'이라고 생각하기도 합니다.

길을 끼고 바로 밑에는 게스트하우스가 있는데 남편이 죽고 난 후에 지은 것으로 그와의 추억은 거기에 없습니다. 역시 마음이 편해지는 곳은 남편의 숨결이 느껴지는 이 낡은 집입니다.

그래요. 남편이 사무실용으로 리모델링한 도쿄의 아파트는 아직 그대로 있어요. 그래서 지금도 남편이 일을 하고 있는 것처럼 보입니다. 주위에서는 "파는 편이 좋다."고 말하는 이도 있지만 팔면 불쌍하잖아요? 그 사람이 갈 수 있는 곳이 없어지는 게 아닌가 생각하니, 적어도 그것만은 내가 마무리하겠다고 생각합니다.

지금도 아침에 일어나면 '아, 빨리 밥을 만들지 않으면 안 돼!' 하며 초초해 할 때가 있습니다. 그때 문득 정신을 차려서 '그 사람은 이제 없어.'라고 느낍니다.

둘이 있는 시간보다도 남편이 죽고 나서, 나 혼자의 시간이 길어졌는데도 말이죠.

8 친척 없이

「오싱」을 애니메이션으로 만들었을 때 고바야시 아야코 씨, 이즈미 핀코 씨와

또 하나의 오산, 남편은 마마보이

남편과 결혼하기 전의 일입니다. "어머니에게 소개하고 싶다."고 말하더군요. 당연하다면 당연하지만, 외동딸에다 부모님도 일찍 돌아가셨고, 30대부터 천애고아였던 나는 남편의 어머니가 아직 살아계신 것에 놀랐습니다. 도쿄에서 혼자 살던 그도 천애고아로 여겼던 것입니다.

게다가 알고 보니 남편은 상당한 마마보이였어요. 내가 네 살 연상의 '누나마누라'인 것도 시어머니가 걱정한다고 절대 비밀. 당시, 나는 할 수 없이 네 살을 속이는 처지가 되고 말았어요.

그러던 어느 날, 아사히신문에 네 살 어린 나이로 소개되었어요. 그랬더니 "하시다 스가코의 나이가 맞지 않는다."며 항의전화와 투서가 오는 겁니다. 신문사 측에서 정정기사를 낸다, 안 낸다 하는 얘기까지 나왔습니다. 정정기사를 내면 시어머니에게 들키고 말겠죠. 그럼 남편의 입장도 곤란해집니다. "시어머니가 살아계신 동안은…." 그렇게 기자에게 신신당부해서, 연령 사칭을 어떻게든 밀고 나갔습니다.

남편이 정년을 맞이했을 무렵, 드디어 나는 개운하게 다이쇼 14년생으로 돌아갔습니다.

남편인 요시카츠는 다섯 남매 중에 둘째아들. 시어머니와 함께 살지는 않았지만 남편은 무슨 일만 있으면 어머니를 만나러 가고 싶어 했어요. 형편만 되면, 부지런히 시즈오카현의 누마즈의 본가에 다녀오곤 했죠.

그렇게 좋아서 마음대로 다니면 좋은데, 남편이 혼자서 가면 "왜 스가코는 안 오는 거야?"라고 시어머니가 묻는다고 합니다. 그러니 나도 같이 가지 않으면 안 되게 된 것이죠.

시댁에 간 이상은 며느리로서 행동하지 않으면 안 됩니다. 부엌에 가서 "어머님, 뭘 도와드릴까요?"라고 물으면, "괜찮아, 괜찮아, 스가코는 쉬어."라는 시어머니.

문 앞을 쓸고 있으면, 시어머니가 오셔서 "우리들이 할 거니까 너는 안 해도 돼."라고 합니다. 그러나 그런 어머님의 친절한 말씀을 그대로 받아들이다가는 나중에 큰일이 납니다.

시어머니는 나 없는 곳에서 시누이들에게 "스가코는 아무것도 안 해."라며 제 흉을 보고 있었던 겁니다. 게다가 시누이에게서도 한 마디 들었지요. "스가코, 일은 자기가 알아서 찾는 거야."라고. 그런 거였구나, 라고 생각되지만, 한 가지를 보면 만 가지를 아는 법. 그냥 참는 수밖에 없습니다.

남편과 상의한 결과, 시댁 근처에 별장을 지으면 어떨까 하고 생각했습니다. 그렇다면 나도 그가 집에 가있는 동안 누마즈의 별장에서 원고를 쓸 수 있을지도 모릅니다. 이제야 살 것 같다, 라고 생각한 것도 잠시, 집이 들어서자 시어머니가 별장으로 건너오시는 겁니다. 물론 시어머니다운 잔소리를 잔뜩 가지고.

우리 부부가 누마즈에 가는 건 언제나 오후였어요. 도착해서 일주일동안 장에 들어 있던 눅눅한 이불을 널고 있으면, 언덕 너머에서 온 시어머니가 "이불은, 석양볕에 너는 게 아니야."라고 말합니다. 통풍을 위해서 장지문을 열어두면 "다다미가 변색 된다."고 한 마디 듣고, "빨래 말리는 게 틀리다."며 주의를 받은 적도 있었습니다.

음식의 간에 대해서도 잔소리를 합니다. "스가코가 만드는 건 싱거워."라고. 나는 관서 출신이기 때문에 기본적으로 싱겁게 간을 합니다. 반면 어촌에서 자란 시어머니의 간은 짠 편입니다. 미각이 맞을 수가 없습니다.

시어머니가 나의 고향이나 조리법 운운 하는 걸 견디며 "이제는 나이가 있으니까, 염분을 낮추는 게 요시카츠 몸에도 좋아요."라고 한 마디 하고 나면, "도쿄의 며느리가 얼마나 말대꾸를 하는데."라며 시누이들에게 불평을 늘어놓습니다.

시누이가 말하더군요. "엄마가 흰콩을 검은 콩이라고 해도 가만히 '네~'라고 말하라고."요. "흰색 아니에요."라고 시어머니에게 말대꾸하면 안 된다고.

「오싱」의 모델이 자신이라고 믿고 의심하지 않았던 시어머니

그렇다고 내 시어머니가 특별한 것은 아니에요. 당시에는 이것이 보통이었으니까요. 시어머니는 나름대로 생각해서 이와사키가(家)의 가풍 같은 것을 나에게 가르치려고 애쓰셨던 것이라고 생각합니다.

약간 진한 맛에 익숙해지면 순한 맛은 혀에 맞지 않겠지요? '이불을 석양에 널면 안 된다.'는 것은 이른바 옛사람의 지혜. 나와는 기준이 다를 뿐, 결코 틀린 말은 아닙니다. 그렇게 생각하면 화도 나지 않아요. 그저 시어머니와 내가 다른 점이 많았던 것입니다.

심술로 말하는 게 아니라는 걸 알지만, 곧 "아, 이런 말을 듣게 되면 며느리는 힘든 거구나.", "이렇게 말하면 시어머니의 기분이 나빠지는 거구나."라는 것을 뼈저리게 알게 되죠. 참지 않으면 안 되는 장면도 많이 나옵니다.

그래서 가슴속에 쌓인 것이나 경험을, 고부갈등을 주제로 한 드라마로 쓰자고 생각한 것이죠. 이상하게도 시어머니는 대사를 생각하는 것은 배우의 일이고, 드라마 작가는 줄거리만 쓰고 있다고 믿는 것 같았어요.

그러니 내가 쓴 「옆집의 잔디」를 보고, "시어머니 역의 사와무라 사다코 씨는 맞는 얘기를 하네."라는 등의 이야기를 했을 거예요. "며느리에게 저 정도는 말해도 괜찮아."라고.

그런데 「오싱」을 방송하고 있을 무렵, 작가가 대사도 쓰는 것을 알게 되셨어요. "너, 대사도 쓰고 있니?"라고 물어서 거짓말 할 수 없어 솔직하게 "네, 대사도 쓰고 있어요."라고 자백했어요. 이번이야 말로 결국 들킨 것이라고 체념했었죠. 「오싱」이 방송된 뒤, 시댁 주변에서는 다카모리 카즈코 씨가 연기하는 심술궂은 시어머니 역이 '스가코의 시어머니가 모델'이라고 화제가 되고 있었어요. 그러나 당사자인 시어머니는 다행히도 "나는 주인공인 오싱의 모델이다."라고 믿어 의심치 않았습니다.

원래 내가 「오싱」을 쓴 것은 쇼와천왕과 같은 시대를 살았던 여성을 그리겠다고 생각했기 때문입니다. 그 시대의 여성이 무엇을 느끼며 살아왔는지 보고 싶다는 은밀한 계획이 있었던 거죠. 시어머니도 딱 이 세대였기 때문에 자신이 오싱의 모델이라고 굳게 믿고 말았던 겁니다.

그런데 나에게 이런 말씀도 열심히 하셨어요. "나도 시어머니 때문에 고생했어. 잔소리만 쏟아놓는 시어머니였는데…." 시어머니의 시어머니는, 근방에서도 심보가 고약한 분으로 유명했다고 합니다. 나 뿐만은 아니었네요. 시어머니도 시어머니 때문에 고생해왔던 겁니다.

어쨌든 '시어머니가 자신이 오싱의 시어머니의 모델이라는 것을 눈치 채지 못했다.'는 사실로 일단 안심입니다. 그렇게 안심했던 적은 또 없었습니다.

결국 시어머니는 당신이 오싱의 모델이었다고 생각한 채 돌아가셨습니다. 남편이 잘한 거죠. "「오싱」은 어머니 세대의 이야기를 썼어요."라고 언제나 말해주었거든요. 정말 고마울 뿐이죠. 덕분에 「오싱」 이후엔 시할머니의 이야기를 들을 수도 있어서 시어머니와 통하는 점이 조금 씩 생겼으니까요.

남자는 모성을 요구하는 것

여성이 결혼상대로 피하는 남성 유형에 '마마보이'가 있다고 합니다. 하지만 마마보이 남편을 가진 나한테 말하라고 하면, 마마보이는 아무것도 특별하지 않습니다. 나도 놀랐던 것은 처음뿐. 생각해보면, 남자는 어른이나 어린아이나 모두 마마보이입니다. 이 사실만은 어쩔 수 없습니다. 남자에게 어머니는, 인생에서 처음으로 만난 여성이니까요.

게다가 어머니의 모성은 무조건이죠. 그중에는 자기자식을 마음대로 다루려는 어머니도 있지만, 대부분은 모성은 요구하는 아이에게 무조건적으로 응합니다. 착각하면 안 되는 것은, 아내의 모성은 어머니의 모성과는 다르다는 것.

하지만 아무래도 남자는 그것을 혼동하는 것 같습니다. 여기에 남자와 여자, 남편과 아내의 차이가 생기는 큰 원인이 있는 게 아닌가 하는 생각이 듭니다.

아내의 모성은 조건부입니다. 남자가 어머니의 모성에 힘입어 자라는 것처럼, 여성은 아버지의 다정함에 안겨서 자랍니다. 기본적으로 여성은 남자에게 부드럽게 지켜봐주기를 바랍니다. 그 염원에 답해준 남자들에게 자연스럽게 모성을 열어 갑니다.

부부가 잘 살아가기 위해서는, 아내가 남편에게 어머니처럼 여겨지는 것이 제일. 말하자면, '마마보이'에서 '와이프보이'로 서서히 남편을 그렇게 만드는 겁니다.

남자는 밖에서는 어느 정도, 허세를 부리며 살아가야 하니까, 어머니처럼 오로지 자신만 집에서 기다려주는 여성이라면, 계속 함께 있고 싶어 합니다. 어머니처럼 자신을 받아주는 존재가 있기 때문에 조금은 안심할 수 있는 것이죠.

주위를 둘러보세요. 사이좋은 부부는 대게 아내가 어머니의 역할을 다하고 있습니다.

나도 역시 남자에게 다정함을 요구하고 남편과 함께 하기로 했습니다. 하지만 잊어선 안 되는 것은 남자에게 어머니는 나이를 먹어도 특별한 존재라는 것.

그래서 남편 앞에서 시어머니 욕을 절대 하지 말라고 말해주고 싶어요. 무슨 일이 있어도 시어머니를 칭찬하세요. 그러면 남편은 기분 좋아 한답니다. 이것 또한 원만한 부부관계의 비결 중 하나이기도 하죠.

시어머니가 없었다면 홈드라마는 쓸 수 없었다

나는 일부러는 아니지만, 시어머니와는 함께 살지 않았습니다. 아프실 때 병원비는 내도 간병은 하지 않겠다고 결정했어요. 항상 마감에 쫓기고 있었고, 매일같이 곁에 있으면, 싸움이 되는 것은 불 보듯 뻔했어요.

나는 내가 누군가의 시어머니가 안 돼서 다행이라고 생각합니다. 언젠가 내가 딸처럼 여기는 친한 여배우에게도 이런 말을 들었어요. "선생님, 너무 존경하고 있어요. 하지만 선생님에게 결혼 상대를 찾는 아들이 있다고 하면, 아무리 부탁한다고 해도 절대로 시집가지 않을 거예요."라고.

그녀의 감은 정답. 내가 시어머니가 되면 반드시 투정만 부리는 못된 시어머니가 되었을 겁니다. 제대로 본 것입니다.

그저, 시어머니께는 감사하고 있습니다. 이렇게 말하면 저렇게 말하지만, 과연 시어머니란 그런 거라고, 시집가서 나도 처음으로 알았습니다. 그 덕택으로 극본을 쓴 거라서 시어머니도, 나를 받아 준 남편에게도 고마운 마음입니다. 만약 결혼하지 않았다면, 이렇게 많은 홈드라마는 절대 쓰지 못했을 겁니다. 지금의 나는 없었겠죠. 게다가 남편에게서 남자의 자존심을 제대로 보았습니다. '불쌍하게도, 남자란 자존심 세우지 못하면 살아갈 수 없는 존재'라는 생각이 들었어요. 이것도 결혼하고 몸으로 배운 것 중에 하나. 남자의 자존심만은 깨뜨려서는 안 된다고 생각합니다.

특히, 우리 남편처럼 술고래인 남자들은 취해서 들어오면 같은 말을 몇 번이나 반복하곤 할 거에요. 그때 "그 애긴 아까도 들었어요."라고 해서는 절대 안 됩니다. 마치 처음 듣는 것처럼 "아, 그랬군요!"라고 말해줄 것.

언젠가는 "그 얘기는 아까도 들었어요."라고 했더니 남편이 화가 많이 났어요. 그때부터 연습했어요. 몇 번들은 이야기라도 신선한 놀라움을 가지고 응답하라는 것. 귀찮다고 생각할지도 모르지만, 따로 돈이 드는 것도 아니고, 그래서 부부 사이가 좋아진다면 비싸지 않은 거죠.

남편과 시어머니, 시누이 등 새로운 가족이 생기면서 정말 여러 가지를 배울 수 있었습니다. 만약 남편과 시어머니가 없었다면 나는 그릇이 작은 드라마만 썼을 거라고 생각해요. 지금도 까탈스러운 드라마를 쓰고는 있지만, 그래도 여러 세계를 경험할 수 있었던 것은, 결혼해서 시어머니와 시누이가 생겼기 때문입니다.

시어머니가 돌아가시고 나서는, 남편의 친척에게 전화를 주고받거나 하는 것은 관혼상제 정도. 남편이 암이라는 것을 알게 되었을 때도 친척에게는 일절 알리지 않았어요. 위독한 시점에서야 알렸는데 그가 가장 귀여워하던 여동생이 처음 병문안을 왔을 때는 "왜 진작 말해주지 않았냐!"고 혼이 났습니다. 바로 그날, 남편은 숨을 거두었습니다. 하지만 더 전에 알렸다면, 그녀의 모습에서 암이라는 것을 분명히 본인이 알아차렸을 겁니다. 그래서 가만히 있을 수밖에 없었어요.

그 시누이도 죽은 지 이제 3년이 되네요. 기질이 선한 사람이었지요. 좋은 사람은 왜 일찍 죽는 건지. 하긴 남편도 집에서는 '귀신'이 될 때도 있었지만, 밖에서는 '부처님' 소릴 들었어요.

시대가 변해도 없어지지 않는 고부문제

내가 홈드라마를 쓰기 시작한 50년 전에도, 이미 기획 단계에서 "고부문제는 너무 구식이야."라고 들은 적이 몇 번이고 있었습니다.

사실 1920년에는 전체 가구의 31%를 차지한 3대 동거가, 2010년에는 7%까지 줄어들었습니다. 며느리와 시어머니가 한 지붕 밑에 있는 것 자체가 없어지고 있으니까, 고부갈등 같은 건 구식이라고 말하는 것도 납득이 갑니다.

다만 비록 옛날과는 모습은 달라도, 가정의 수만큼 지금도 고부문제는 있는 게 아닐까, 하고 생각해요.

과거에는 집집마다 확고하게 물려받은 가풍이 있어서, 시어머니의 주장이 너무 강했죠. 지금은 그 반대. 아무래도 며느리들의 세력이 더 강한 것 같습니다. "시어머니가 뭐죠?"라고 하는 며느리도 있다고 하니까, 바뀔 것은 바뀌네요.

그런데 옛날 시어머니한테 들볶인 세대는 정작 자신이 시어머니가 되고 보니, 이번에는 며느리 쪽이 더 강하다는 상황에 빠져서 어디에도 마음을 붙일 곳이 없게 된 거에요. 내가 쓴 고부문제가 아직도 수요가 있다면, 여기라고 생각합니다. "항상 제대로 말도 못하니까, 개운치는 않아도 며느리에게 생각대로 확 말해버리면 시원하겠네.", "하고 싶은 말을 대변해주었다!"라고 드라마 속의 시어머니를 응원하며, 매일의 불만이나 울분을 해소하는 시어머니가 일본의 곳곳에 있을지도 모르겠네요.

겉으론 사이좋게 지내고 있어도, 고부는 서로 탐색합니다. 서로 마음속에 여러 가지 생각이 있을 것입니다. 나도 시어머니 앞에선 말하고 싶은 게 있어도 꾹 참으며, 대신 드라마에 쏟아 부었지요.

며느리와 시어머니는 영원한 라이벌로서, 진심으로 친해진다는 것은 어렵습니다. 그렇기 때문에 고부문제는 영원한 화두임에 틀림없습니다.

그래서 남편의 형이 이와사키가(家)의 무덤에는 하시다 씨를 넣을 수 없다고 말했고, 그 친척들과도 언젠가부터 만나지 않게 되었습니다. 더군다나 내 쪽에는 친척 하나 없으니, 이제 정말 천애고독. 하지만, 그것이 무엇보다도 후련합니다.

9 자식 없이

아타미 집에서 기르고 있는 반려견 시바와

시집을 가면 '아이를 낳는 것'은 당연하다?

결혼 초, 나는 시집을 간 거니까 '아이를 낳는 것'은 당연하다고 생각하고 있었습니다. 낡은 관습에 얽매이고 싶지 않다고 생각해왔지만, 출산에 대한 생각은 좀 달랐습니다. '아이를 낳지 않으면 며느리로서의 책임을 다한 게 아니다.'고 생각하고 있었죠.

그것은 아마도 조카딸을 귀여워하는 남편의 모습을 지켜봤기 때문에 '아이를 낳지 않으면 남편에게 면목이 서지 않아.'라는 마음이 있었습니다. '아이는 걸쇠'라는 속담이 있습니다. 아이는 부부의 인연을 붙잡아 매주는 '걸쇠'. 아이가 없으면, 남편이 다른 여자를 만들어 떠날지도 모른다는 불안감도, 아이의 탄생을 바랐던 이유의 하나였지요.

결국 아이가 생기지 않았지만, 남편도 시어머니도 미련 없는 눈치였어요. 두 사람이 아이에 집착하지 않았던 것은 '7장. 남편 없이'의 장에 쓴 그대로입니다. 남편은 "아이가 없는 편이 계속 부부답고 좋잖아?"라고 얘기해주었어요.

그런 두 사람 덕분에 '며느리로서 어떻게든 아이를 낳지 않으면…'이라고 힘주고 있던 나도 겨우 어깨의 힘을 뺄 수 있었습니다. 그리고 아이가 생기지 않는 현실을 받아들이자, 아이가 없는 것과, 부부 금실은 별개의 문제라고 실감하게 된 것이죠.

가족이란 것은 부모 앞에 부부가 있습니다. 생각해보면 당연한 것. 그러나 '아이는 걸쇠'에 의존한다면, 당연한 것조차 희미해서 보이지 않게 되어버립니다.

아이 쪽도, 세상에 태어났는데 '부부의 연결고리' 때문이라고 한다면, 그거야말로 달갑지 않다고 생각하지 않나요? 옛날 같으면 '혈통을 끊어지지 않게 하기 위해', 요즘 같으면 '죽은 후에도 자신의 존재를 계속 기억해주는 존재가 필요해', '아이를 낳지 않으면 사람으로서 결함이 있는 것으로 생각된다.'는 것도 아이를 낳는 이유가 되었는지도 모릅니다. 하지만 혈통이 끊겨서 곤란한 훌륭한 집안 등은 좀처럼 없고, 자신의 존재를 기억해주기를 원해서, 결함이 있는 것처럼 보이는 게 싫어서, 라고 하는 것이 아이를 낳는 이유가 될까요?

어쨌든 아이가 생기지 않는 것을 진지하게 고민하는 사람이 있겠지요. 과거의 내가 그랬으니까 압니다.

그래도 잠깐 멈추어 서서 생각해보세요. 아이를 낳으면, 여성으로서 결함은 없는 것인가요? 그거야말로 아이 때문이 아니라 자기 자신을 위해서 낳게 되는 것은 아닐까요?

만약에 하시다 스가코에게 아이가 있었으면

만일 반대로, 이런 나에게 아이가 있었으면 어땠을까요?

아마 잔소리 많은 어머니가 되었겠죠. 적어도 아이에게 도쿄대는 나와야 한다고 요구했을 겁니다.

스물두 살 때, 여자대학 졸업을 앞둔 나는 두 친구와 함께 도쿄대학에 시험을 쳤습니다. 기다린 것은 나만 불합격이라는 현실. 그 이후엔 오랫동안 학력 콤플렉스 덩어리였습니다. 그래서 비록, 아이가 공부를 싫어했다고 하더라도 학원에 보내고 엉덩이를 두드리며 무조건 공부를 시켰을 겁니다. 그 아이의 방향, 부적합 등엔 관계없이 내 생각이 그린 레일 위를 달리도록 강요했을 것이 틀림없습니다. 7년 정도 재수를 시켜서라도 도쿄대학에 들어가게 하는 완벽한 '입시맘'. 그것에 반발해서 아이는 비행에 뛰어들었는지도 모르죠.

겨우 학력 따위는 필요 없다고 생각한 것은 어느 정도 나이가 들어서의 일이에요. 특히 내가 일해 온 드라마 작가는 학력과 전혀 무관한 직종이기 때문입니다. 이것만은 분명합니다. 글쓰기란 어떤 인간을 보고 자란 것에 따라 정해지는 것이라고. 그래서 도쿄대학에 들어가기 위해서 계속 공부만 했다면, 작가가 되지 않았을지도 모르겠습니다.

만약에 아이가 있었으면 내가 시어머니가 될 가능성도 있습니다. 앞에서도 썼지만, 나는 까다로운 시어머니가 될 자신(?)이 있었어요. 만일 아들이 며느리를 데리고 오면 큰일입니다. 어떤 사람이라도, 결코 내 마음에 들지 않았을 거니까요.

내 아이가 딸이었다고 해도 사위를 데리고 온다면, 엄청 시끄러웠을 겁니다. 저 사람도 안 돼, 이 사람도 안 돼, 라고. 아직도 남자에 대한 채점이 엄격하다고, 주위에서 말하고 있으니까요.

게다가 아이가 있었다면 「오싱」이나 「여자 타이코기」, 「춘일국」, 「와타오니」 같은 장편드라마를 쓸 수 없었겠죠. 일을 하면서 육아 부담을 느끼고, 아이에게 걸맞지 않은 용돈을 줘버리고 마는, 그런 일이 없었을 거라고 장담할 수도 없습니다.

과잉보호하는 어머니에게 질렸지만, 내가 비행에 뛰어들지 않았던 것은 단순히 나쁜 짓을 할 돈이 없었다는 것. 하지만, 나이와 경험에 걸맞지 않은 돈을 손에 넣은 아이의 앞날을 생각하면…. 상상만 해도 등골이 오싹하네요.

어머니의 과잉보호를 체험했기 때문에 자신은 그렇게 안 하려고 생각하면 좋지만, 내 자신의 일입니다. 꼭 나쁜 본보기가 된 것만은 아닐 거예요. "나는 엄마와는 다르다! 과잉보호가 아니라 이건 교육이야!"라고 편리한 대로 믿고 내 마음대로 아이들을 키웠을 거라고 생각합니다. 그런 어머닌, 아이 입장에서는 거절이네요.

원망하며 죽고 싶지 않다

부모가 자식을 과잉보호하면 불행하게 되는 것은 아이뿐만이 아닙니다. 부모자신도 마찬가지. 아이를 떠나지 못하는 부모만큼 불행한 것은 없습니다. 이제나 저제나 아이 걱정뿐. 아이의 교육에만 눈이 향한 채, '걸쇠'는커녕, 오히려 가정 붕괴를 초래할 가능성도 있습니다.

그렇게 애쓰면 애쓰는 대로 인간은 대가를 구합니다. 이 대가야말로 성가십니다.

대가를 상대에게 기대할수록, 이번에는 충족되지 않았을 때의 불만이 모입니다. "사랑이 지나쳐서, 미움이 백배"라는 말처럼, 부모에게 싫증이 난 아이는 점점 삐뚤어지고 멀어집니다.

시간을 들이고, 돈도 들여서 자식들을 보살피는 것은 물론, 입학

선물과 해마다 세뱃돈을 챙겨주고 손주까지 돌봐주었습니다. 두 세대가 같이 살자고 집 리모델링까지 했어도 끝은 고독사를 맞이하는 사람도 있습니다.

그런 말을 들으니, 끈적끈적한 교제를 싫어하는 나도 역시 생각하게 됩니다. "누군가 한 사람 정도는 옆에 있어주세요."라고.

이런 식으로 기대하는 것이 애당초 불행의 근원이지만, 처음부터 자식이나 손주가 없었다면 고독사도 하는 수 없다고 생각됩니다. 어느 정도 각오도 했을 것이고, 마음을 다잡았을 수도 있습니다. 하지만 많은 자식이나 손주를 돌봐왔다면, 말하지 않아도 틀림없이 누군가 나를 돌봐주겠지, 하고 기대할 겁니다. 정성을 쏟은 자식들이 위급한 상황에서 찾아오지 않는다면 화도 많이 나겠지요. 물론 머리로 생각하는 것만큼 마음은 그리 간단치 않습니다.

어떤 사람이 말합니다. "결혼하니까, 자식은 집에 얼굴도 비치지 않아."라고. 그래서 말해주었죠. "얼굴을 내밀어줄 거라고 생각하고 있었어? 얼굴을 안 봐서 다행이라고 생각하라고. 겨우 부모에게서 자립했으니까."라고.

상대의 얼굴에 "당신은 아이가 없으니까 그런 말을 하는 거야." 라고 쓰여 있었지만요.

하지만 이게 내 본심입니다. 나는 자식이나 손자가 없으니까, 처음부터 기대할 수도 없습니다. 어떻게 되더라도 서로 원망하지 않고, 기대하는 것이 아무것도 없다는 것은 참으로 상쾌한 것입니다. 기대한 것에서 배신당하기 십상이니까요.

즉, 기대하면 기대한 대로 되는 것은 고마운 일이 아니라 오히려 당연한 것이라고 생각합니다. 기대대로 되지 않으면 나오는 것은 원망 뿐. 어차피 거기에 감사의 마음은 없습니다. 누군가를 원망하며 죽어가다니, 딱 질색입니다. 원망만은 정말로 싫습니다.

자립하고 있는 「와타오니」의 타키 씨

나의 이상형(理想型)은 「와타오니」에서 노무라 아키코 역을 연기하는 아오야마 타키 씨.

오카쿠라가의 다이키치가 시작한 '식당, 오카쿠라'를 다이키치의 부인 세츠코가 죽은 이후에도 계속 도와주고 있는 세츠코의 친구입니다. 그녀는 수십 년이라는 시간동안 주부로서 쌓아온 요리 실력을 멋지게 살려 새로운 스태프로 들어갑니다.

얼마 후, 조리사 자격증을 딸 정도로 활력이 넘치는 사람입니다. 그 후 오카쿠라의 요리법은 물론 음식을 보기 좋게 담는 방법에서 손님 접대까지 소화합니다. 뿐만 아니라 타키 씨는 컴퓨터를 이용해 장부정리까지 완벽하게 해냅니다.

타키 씨에게 나이는 상관없습니다. 몇 살이 되어도 자신의 생각대로 행동하는 여성이죠.

그러고 보면 나도 타기 씨하고 비슷합니다. 나이를 별로 개의치 않고 새로운 것에 도전하지요. 50세에 시작한 수영이 좋은 예가 되겠네요.

40대 후반에 의사가 "책상에만 앉아있으면 안 된다. 몸을 움직여라."라고 해서 배드민턴을 시작했습니다. 그런데 셔틀콕을 칠 때 발을 내딛다 무릎을 다치고 말았죠. 그랬더니 이번에는 "수영이라면 무릎에 부담이 가지 않고, 근육도 생겨요."라고 해서 수영에 도전했지요.

헤엄이라곤 조금도 칠 줄 모르던 나에게 수영하는 재미를 알려준 이는 '미미'였습니다. 전 올림픽 대표선수였던 키하라 미치고 씨입니다. 배운 지 한 달도 되지 않아 25미터를 헤엄쳤을 때는 둘이서 부둥켜안고 기뻐했어요.

덕분에 바다에서 큰 나폴레옹 피시와 헤엄친 적도 있답니다. 배와 호텔의 수영장에서 하늘을 바라보며 헤엄치는 것도 이제는 여행의 즐거움 중 하나가 되었죠. '노후'라는 말을 자주 듣지만, 가령 타키 씨 같은 사람에게는 무관한 말입니다.

하물며 노후를 자식에게 맡기다니, 그녀는 털끝만큼도 생각이 없습니다.

부모의 돈을 믿고 있던 자식들을 끊고, 그녀는 아파트에서 자유로운 독신생활을 만끽하고 있습니다. 가족에 기대지 않는, 경제적으로도 정신적으로도, 자립한 여성인 겁니다.

사실 타키 씨 같은 삶은 선택하는 여성들이 적어도 예전보다 늘고 있다고 생각합니다. 원망할 여지를 남기지 않는, 정말로 상쾌한 삶이라고 생각하지 않습니까?

20세가 지나면 아이는 사회의 일원이라고 생각하자

자녀가 자립할 때는, 다시 한 번 자신을 돌아볼 좋은 기회입니다. 타키 씨처럼 자신이 가지고 있는 힘을 활용, 더 닦아가는 제2의 인생도 또 하나의 형태입니다. '주부'라고 하면, "편해서 좋겠어.", "밖에 나가서 하는 일은 알 리가 없지."라며 깔보는 사람도 있는데, 엉뚱한 착각입니다. 매일 매일의 가사 일은 '직업상의 기술'을 찾는 데 큰 도움이 됩니다.

TBS 드라마 「되게 될 거야」(2013년~14년 방영)에서 아사노 아츠코 씨가 맡았던 나가시마 아야는 아이들이 떠난 것을 계기로 집을 리모델링해 레스토랑을 개업했습니다.

20여 년 동안 가족을 위해 요리해온 실력을, 이번에는 자신이 영업하는 레스토랑에서 살리기 위해서였습니다.

주부로서 쌓은 요리나 청소실력을 살린다면 가정부 같은 일이 좋을지도 모릅니다, 라고는 하지만, 아마도 자신의 방식이 통용되지 않을 때도 있을 겁니다. 기름때에 가장 적합한 세제와 물때를 효율적으로 없애는 방법 등, 전문적인 지식도 늘리지 않으면 안 됩니다.

그러나 부지런히 연구와 노력을 기울이면, 저절로 누구에게도 지지 않는 기술과 지식이 몸에 뱁니다. 여러 집에서 부르게 됩니다. 카리스마 가정부가 되겠죠. 그렇게 되면, 자신의 일이 즐거워지면서 점점 의지가 생기게 됩니다. 프로페셔널하게 단련되어, 유일무이한 가정부가 됩니다. 바로 이것이 선순환.

누구에게도 의지하지 않고 만년을 살려고 하면, 일을 해서 돈을 벌겠다는 것 또한 중요하게 됩니다. '괜찮아, 안심할 정도의 저축은 있다.'고 생각해도 인생, 한치 앞도 모릅니다.

『하류 노인』이라는 책이 베스트셀러가 되는 시대기 때문에, 무슨 일이 일어날지는 모르죠. '괜찮아, 우리는 애들이 봐주니까.'라고 생각할지도 모르지만, 만일 효자인 자식이 돌봐준다고 해도, 자식들에게 기대는 생활에 어느 새인가 부담을 느끼게 될지도 모릅니다.

2006년에 방송된 텔레비전 아사히의 드라마 스페셜「부부」에 이런 장면을 썼습니다.

아들의 결혼식을 치른 밤, 타케시타 케이코를 연기하는 아내가

"부부만 남으니까, 살아갈 의지가 없어지고 허무하네요. 지금부터 단둘이서 얘기도 안 하고 인생이 끝난다고 생각하면, 정말로 슬퍼요. 내 꿈은, 손자들에게 둘러싸여서 지내는 것이었는데, 얼른 따로 살아버리니까…"라고 얘기합니다.

"자식을 독립시킬 때까지가 부모의 역할이야. 남자는 결혼하면 아내 것이지."라고 대답하는 것은 와타리 테츠야 씨가 역을 맡은 남편입니다.

부모는 자식과 계속 함께 있고 싶어 해도 성장하면 자식은 부모로부터 떠나고 싶은 것.

요즘은 캥거루족 같은 자식도 있다고 들었지만, 이것이 결코 부모에게 좋은 것은 아닙니다. 부유한 부모는 어른이 된 자식과 함께 먹고 살만한 큰 집과 재산을 갖고 있습니다. 부모는 자식이 귀여우니까, 여유가 있으면 자식과 함께 살고 싶다고 바라고, 자식도 부모 밑에 있으면 편하기 마련이죠. 언뜻 보면 양쪽의 의도가 일치하는 것처럼 보일지도 모릅니다.

그러나 그런 상태가 계속되면, 부모는 '역시 노후는 자식에게…', 자식은 자식대로 '언젠가 부모의 유산이…' 등의 욕심이 생깁니다.

계속해서 자식을 끼고 살다보면 정작 자식이 나갔을 때 부부간에 견디지 못할 수도 있습니다. '황혼이혼!'이라는 고난의 가시밭길이 기다릴 위험성도 있는 거죠.

그러니까 가족과 함께 살아왔다고 해도 '아이는 스무 살이 지나면 사회의 것이다.'라고 생각합시다, 라는 것이 내 의견인 것입니다.

자신의 결말은 자신이 결정하는 것. 자식만 믿지 말고, "노후를 한가로이 지내고 싶다."라고 말하지 말고, 몸이 움직이는 한, 자신이 할 수 있는 일을 찾아보는 것도 방법입니다. 게다가 그것이 보람이 되고, 자랑이 되어, 살아가는 힘이 되어 줄 것입니다.

없는 아이는 울지 않는다

생각해보면, 젊었을 때부터 과잉 기대를 하는 일은 없었습니다. 남편에게 조금은 기대를 했었죠. 더 이상 일하지 않아도 먹고 살겠구나, 라고. 하지만 피를 나눈 자식은 반드시 특별한 존재였을 테니, 지금에 와서 보니 자식이 없어서 정말로 다행이라고 생각합니다.

친하게 지내고 있는 프로듀서인 이시이 후쿠코 씨도 나처럼 천애고독에 "가족이 없어서 잘 됐어."라고 얘기하는 사이. 그래요, 이즈미 핀코 씨도 남편과의 사이에 자식이 없습니다.

드라마에서 자주 아버지와 아들 간의 대화를 쓰곤 하는데, 사실 내가 이해하지 못하는 면도 많다고 생각하고 있어요. 만일 나에게 자식이 있었다면 내가 쓴 대사들은 '자식 바보'인 것으로 넘쳐났을지도 모릅니다. 그리고 자신의 부모관계를 돌이켜보고 부모 자식

관계에 대한 비판적인 대사를 주저했을지도 모르고요. 아마도 냉정하게 바라보지 못했을 겁니다. 그래서 '없는 아이는 울지 않는다.'라고 말하는 겁니다.

저출산 시대, 나처럼 아이가 필요하지 않다고 생각하는 사람이 늘어나면, 일본은 엄청 곤란해지겠죠. 여성을 '아이를 낳는 기계'에 비유한 정치인과 '아이를 두 명 이상 낳는 것이 여성에게 가장 중요한 것'이라고 선언한 어떤 학교의 교장선생님도 있었던 것처럼, 여성은 아이를 낳는 것이 의무라는 압력이 앞으로 점점 커질지도 모릅니다.

하지만 무리해서까지 자녀를 낳는 것은 없어야 하지 않을까요. 하늘이 점지해주지 않았다면, 점지해주지 않는 나름의 인생이 있습니다. 하물며 아이가 생기지 않는다고 자신을 탓할 것도, 주위에 거리낄 것도 일절 없습니다. 부부 두 사람이라면, 두 사람의 삶의 방법이 있을 거니까요.

행복은 자식이 만들어주는 것은 아닙니다. 두 말할 필요 없이 스스로 만드는 것입니다. 그때의 환경에 따라 행복의 형태도 달라질 것입니다. "없는 것을 깎았다."라고 하면 시간낭비. 그거야말로 불행의 시작이죠.

그러니까 자신에게 주어진 것 속에서 저마다의 행복을 만들어가는 것에 눈을 돌리기 바랍니다. 행복과 자녀의 유무는 관계없는 것이니까요. 이건 나의 실제 경험입니다.

단지 자녀 양육비가 필요 없었던 만큼, 언제부터인가 누구의 신세도 지지 않고 노후를 보내고 싶다고 생각하게 되었죠. 그 준비만은 최소한 할 작정입니다.

10 후회 없이

2016년 2월 '아스카 Ⅱ'를 타고 콜롬비아에 상륙했을 때

나의 호기심을 채워주는 항해

집에 오는 가정부가 예전에 이런 말을 했습니다. "걸핏하면 노후(老後)라고 말하는 데, 노(老)의 경계선은 언제라는 걸까?"라고요.

나도 거기엔, 글쎄? 라고 생각하게 되었습니다. '노후의 저금', '노후의 낙' 등 '노후'라는 말을 자주 듣습니다. 특히 일반적으로 이제 "젊지 않아."라고 여겨지는 연령을 넘어서면 스스로 그것을 입에 담는 사람도 많습니다. 하지만 원래 세상에서 말하는 '노후'라는 것은 언제부터일까요? 별다른 기준을 들은 적이 없습니다. 그러다가 우연히 함께 일했던 방송국 분께 물어보니, 65세를 넘으면 '노후'라고 합니다. 뭔가 위화감을 느끼게 되었습니다.

그러면, 도대체 '노후'로 생각되는 시기는 언제부터? 라고 나름대로 생각해보니, 하나의 기준이 되는 것은 '호기심'이 아닐까요? 분명히 나이가 들면 확실하게 몸의 기능이 떨어집니다. 하지만, '마음'까지 늙었는지 아닌지는 그 사람의 '호기심'에 따라 달라집니다.

아이가 보게 되는 것, 만지는 것에 "저건 뭐지?", "이건 도대체 뭘까?"라고 흥미를 잃지 않고, 몇 살이 되어도 주위에 대한 호기심을 잃지 않는다면, 아직 '노후'는 시작되지 않았다는 느낌이 들었습니다. 아무리 나이를 먹어도 '마음의 노후'만은 되고 싶지 않네요.

게다가 '노후, 노후'라고 하지만, '늙은 후'라니, 실례되는 말이라고 생각합니다. 실제로 "나는 지금, 노후를 살고 있습니다."라고 생각하는 사람이 있을까요. 늙은이도 젊은이도 그저 오늘 하루를, 지금 이 순간을 살고 있는 것은 아닐까요?

나는 예전부터 호기심이 왕성해서 젊은 시절부터 많은 여행을 해왔어요. 여행지에서는 일상에서 얻을 수 없는 체험과 감동을 맛볼 수 있죠. 목적지로 가는 도중에 벌어지는 해프닝 또한 즐겁습니다. 나중에 여행에서 생긴 일이 일 하는데 활용되기도 했지만, 그것은 우연일 뿐. 처음부터 일에 활용해야겠다는 목적으로 여행을 떠나는 것은 재미가 없습니다. 그러면 목적하는 것만 보게 되어, 여행에서의 다양한 만남을 놓칠 수밖에 없습니다.

내가 여행을 떠나는 것은, 어디까지나 호기심에 자극을 주기 때문입니다. 여행의 도중에 "이게 어떻게 되고 있을까?"라는 흥미와 의문이, 속속 생깁니다. 그것이 여행의 묘미라 할 수 있죠.

어쩌면 내가 아흔한 살이 돼서도 인생을 즐기고 있는 비결이 여기에 있는지도 모릅니다. 호기심에 솔직하게 살아가는 것. 호기심을 잃으면, 인생이 순식간에 지겨워질지도 모르겠네요.

와세다대학 시절에는 반더포겔*부의 친구와 함께 등산도 했었죠. 산장에서 빽빽하게 새우잠을 자거나, 텐트에서 노숙을 한 적도 있었습니다. '4장. 친구 없이'에도 썼듯이, 유스호스텔을 단골로 삼아 가난한 여행도 했었습니다.

가지각색의 여행을 경험한 가운데 지금 빠져있는 것은 여객선 '아스카 Ⅱ'를 타고 떠나는 크루즈 여행. 친한 사람들도 이상하게 생각할 때가 있습니다. 나의 아타미 집에서 아지로만이 한눈에 들어오니까, "일부러 바다를 보며 살면서, 또 바다에 가니?"라고 하죠. 분명 매일 같이 바다를 보고 있지만, 아침에 눈을 떴을 때 배를 타고 있을 때처럼 전혀 다른 경치가 펼쳐져 있지는 않아요! 이렇게 드라마틱한 것은 없습니다. 역시 배가 최고입니다.

옛날, 선상에서 강연을 부탁받고, 배를 타고 일본 일주를 한 적이 있습니다. 항상 같은 손님이 머무는 게 아니고, 나는 돈을 받고 배

---

* Wandervogel. 청년들의 집단 도보운동 또는 그 집단. 1901년 독일 학생들이 도보 여행 단체를 조직한 것이 시초.

를 타니까, 계속 손님들이 말을 걸어오거나, 사진촬영을 해달라고 하면, 싫어도 딱 잘라 거절할 수 없습니다. 그래서 이젠 넌더리가 나서 손님으로만 타겠다고 결정했어요. 그래서는 모처럼의 여행을 마음대로 즐기지 못하니까요.

여행의 준비도 또한 즐겁다

항해의 좋은 점은 타고 있으면 세계 어디든지 데려다 주는 것. 짐 없이도 관광이 가능한 마치 움직이는 호텔입니다. 비행기처럼 이동할 때마다 공항에서 짐을 맡기거나 받지 않아서 좋고, 짐을 호텔까지 운반할 필요가 없습니다. 그래서 특히 나이 드신 분에게 안성맞춤이라고 생각합니다.

여행을 가기 전의 준비도 즐거움의 하나. 준비단계에서 벌써 여행이 시작되었습니다.

100일 간의 항해를 하면, 상당한 양의 짐이 필요합니다. 다양한 나라를 들리니까 추운나라나 더운 나라용의 옷, 잘 때 입는 옷이나 드레스코드에 맞춘 포멀웨어 등 준비하는 옷도 다양합니다.

그리고 음식. 아스카 Ⅱ에는 맛있는 진수성찬이 많이 준비돼 있지만, 평소에 먹던 익숙한 맛이 그리워집니다. 매일 아침에 먹는 매실 장아찌는 물론, 김과 차는 필수품. 매번 반드시 가져갑니다.

그리고 또 하나, 빠질 수 없는 것이 간식입니다. 오래 보존되는 과자를 작게 나누어 가지고 가면 신세를 진 크루나 메이드들에게도 줄 수가 있어서, 아주 편리합니다.

이번에는 여행 전에 마침 나고야에 있던 핀코 씨한테 전화를 받았습니다. "마마, 나고야에서 전병을 보내니까, 여행 전에 먹지마세요. 배에서 먹으라고 보냈으니까."라고 합니다.

이렇게 여행 전에 일정표와 눈싸움 하면서 식료품, 옷, 타월 등 여행에 필요한 것을 2층 방에다 가득 펼치고 짐을 준비하는 것도 즐거움의 하나입니다.

원래 양장에 그다지 집착하는 편이 아니지만, 1998년부터 2년 반 동안 점심시간 오락방송「웃어도 좋고말고!」에 출연했을 때 양장을 많이 만들었어요. 모처럼 만들었지만, 아타미에 있을 때는 언제나 편한 옷밖에 입지 않아서 입을 기회가 없었죠. 그 양장들을 크루즈에 가져갈 때도 있습니다. 여객선에 타시는 분들, 특히 여성들은 모두 멋쟁이니까요.

항해에 빠진 계기는, 1998년 고래를 보러 캐나다 밴쿠버에서 배로 알래스카에 갔을 때부터 입니다. 거대한 빙하나 많은 고래들, 땅에는 사슴과 곰 등의 야생동물이 보여서 혹한 속에서도 갑판에 서

있을 정도로 열중해서 바라보았습니다. 항해의 매력에 사로잡힌 것은 그때부터였습니다.

그 후, '아스카'로 남극에 가는 여행이 있다는 것을 알고 신청을 했던 것입니다. 이것이 '아스카' 첫 승선입니다.

외국 배에도 탄 적은 있지만, 나는 아무래도 질색입니다. 사람이 많아서 왠지 항상 시끌벅적한 아사쿠사의 나카미세도리*에 있는 것 같습니다. 반면 아스카는 조용하고 지내기 편하고 안정이 됩니다.

나는 좀처럼 가지는 않지만, 배 안에선 거의 매일 밤 뮤지컬이나 콘서트 같은 이벤트나 쇼가 열립니다. 테니스를 할 수 있는 스포츠 시설도 있고, 장기나 컴퓨터 문화 교실도 있죠. 저명인사 초청 강연도 있고, 영화관에서는 매일 다른 영화가 상영되고 있습니다. 이동 중에도 지루하지 않도록 다양한 오락거리가 준비되어 있는 것입니다. 나는 배 안에서도 거의 원고를 쓰고 있었기 때문에 지루하지는 않았지만, 예전에는 배가 기항하는 항구에 방송사 분이 기다리고 있어서, 완성된 원고를 그곳에서 가져가는 일도 있었습니다. 원고를 가지러 외국까지 오다니 굉장히 열심히 일하는 '텔레비전맨'이라고 생각할지도 모르겠지만. 오히려 방송국 분은 내 원고를 수령하는 핑계로 해외출장을 즐기고 있었던 것 같아요.

---

* 仲見世通り. 센소지(浅草寺)의 가미나리몬을 지나 호조몬까지 약 200여 미터의 상점가. 도쿄 대표관광지.

즐거웠던 토크쇼와 오락방송

앞에 이야기 했던 「웃어도 좋고말고!」와 같은 버라이어티 방송의 출연도, 내 호기심 중 하나라고 말할 수 있겠네요.

당시, 나는 70세. 보통의 할머니라면 집 안의 소파에 앉아 방송되는 것을 보는 게 고작일 텐데, 출연했습니다. 「웃어도 좋고말고!」 덕택으로 마침 매주 월요일에 일이 일단락이 되었습니다. 월요일까지 이걸 하자, 저걸 하자는 식으로 움직였습니다. 덕분에 일주일에 단편 드라마를 쓰고 도쿄로 녹화 갈 때 담당자에게 넘기는 생활 리듬이 생겼습니다.

다만 주위사람들이 수근 거렸어요. "요시카츠가 살아 있었으면 죽였을지도 몰라!"라고.

남편은 드라마 작가는 그림자 같은 것이니, 절대 존재를 노출해서는 안 된다고 늘 강조했어요. 「오싱」이 화제가 되었을 때도, 내가 텔레비전에 나오는 것에 반대했을 정도니까 분명히 남편이 살아있었다면, 오락프로에 출연하는 것을 절대 용서하지 않았을 겁니다.

하지만 나에게는 아주 신선하고 즐거운 경험이었어요. 타모리 씨와 대본 없는 애드리브로 얘기하는 것도 재미있었고, 능수능란한 화술을 가까이에서 볼 수 있는 것만으로도 호기심이 많이 해결되었으니까요.

함께 나왔던 SMAP*의 가토리 신고 군도 좋은 아이였어요. 나는 SMAP를 좋아해서, 처음으로 SMAP의 방송에 불려갔던 것을 지금도 기억합니다.

"「오싱」의 작가인 하시다 스가코 씨입니다."라고 사회자가 소개하자, "네? 「오싱」 작가가 아직도 살아 있어요?"라는 기무라 타쿠야. 그도 그럴 것이 「오싱」을 방송하던 때는 SMAP 여러분이 아직 어린 시절이었어요.

2002년부터는 TBS CS방송에서 「하시다 씨 집의 티타임」이란 토크쇼의 사회를 맡았어요. 내가 토크쇼의 사회자라니, 스스로도 깜짝 놀랐습니다. 하지만 모처럼의 일입니다. 기꺼이 맡게 되었죠.

프로그램에서 고집한 것은, 게스트에게 가급적 가족과 함께 출연

---

* 스마프. 한국에도 많은 팬을 가진 일본을 대표하는 인기 남성 아이돌 그룹. 1988년부터 활동.

하게 한다는 것. 가족과 함께라면 항상 활약하는 배우나 저명인사의 방송과는 또 다른 일면을 볼 수 있으니까요. 그것이 보고 싶었던 것입니다.

「와타오니」에서 신세를 졌던 카도노 타쿠오조 씨는 부인과, 우리 부부 모두와 친분이 있던 작가 오사나이 미에코 씨는 아들과 함께 출연했습니다.

카도노 씨는 이렇게 말하면 실례지만, 뜻밖에도 학창시절의 미남 사진과 일본학습원대학교 출신의 음악에도 조예가 있는 인텔리적 일면을 알고 놀랐습니다. 또 부인은 차분하고 인상이 좋았는데, 부부 관계도 좋아 보이는 멋진 부부였습니다.

오사나이 씨는 함께 여행을 다녀온 적도 있는 여행 동료인데, 영화감독으로 성장한 아들 리주코 씨는 까까머리 사내아이 때부터 알고 있었죠. 왠지 감개무량했습니다.

역시 가까운 사람이 옆에 있으면, 뜻밖의 속내가 툭 나오거나, 평상시엔 볼 수 없는 맨얼굴이 엿보이고, 그 사람의 다른 쪽이랄까, 공적으로는 볼 수 없는 본래의 모습을 볼 수가 있어서 즐겁습니다. 가족이 함께 있다는 것 때문에, 녹화 현장에도 사적인 공간이 둘 사이에 존재하기 때문이겠죠.

키타지마 사부로 씨는 아내와 딸인 미즈마치 레코 씨와 제자도 함께 출연했습니다. 가츠이시 마츠 씨가 등장했을 때는, 딸과 농담을 주고받으며 웃었습니다. 멋진 가족을 만날 수 있어서, 나에게는 평생의 훌륭한 추억이 되었습니다.

'아스카 II'를 타고 다섯 번의 세계 일주

최근에는 2015년 12월부터 16년 3월까지, '아스카 Ⅱ'를 타고 100일 간의 '남미 & 남극 월드크루즈'에 다녀왔습니다. 비슷한 세계 일주 크루즈는 이것으로 다섯 번째.

2015년의 12월 18일에 요코하마항을 출항해, 파푸아뉴기니, 뉴질랜드, 이스터섬을 거쳐 남미를 해안으로 따라가며 남극 해역을 지나 브라질의 리우데자네이루 등을 돌아보았어요. 파나마 운하를 건너서 멕시코의 아카풀코, 하와이의 호놀룰루를 경유해서 귀국했습니다.

지난번 남극을 찾은 것은 12년 전입니다. 남극에는 아르헨티나의 우수아이아에서 쇄빙선을 타고 가지요. 남극 근처에는 다양한 섬과 포구가 있어서 질리지 않고, 기지는 있지만 민가는 없습니다. 사람

냄새나는 것이 거의 없었습니다. 큰 빙산이 유유히 흐르거나, 그 가운데를 누비듯이 배로 가거나, 일주일 정도의 남극 항해는 어쨌든 온통 물과 얼음의 세계. 그게 좋아서 살아 있을 때 다시 한 번 남극을 다녀오고 싶다고 생각한 것입니다.

흘러가는 빙산 위에 바다사자도 있고, 배 밑을 큰 고래가 헤엄치기도 합니다. 야생동물과의 만남도 남극의 볼거리 중 하나.

무엇보다 고대했던 것은 펭귄입니다. 전에 찾았을 때도 펭귄은 많이 있었고, 저쪽에서 종종거리는 모습이 귀엽지요.

하지만 이번엔 상황이 좀 달랐습니다. 예전에는 펭귄이 있는 섬은 얼음으로 뒤덮이고 빙판 위에는 크릴을 먹은 펭귄의 붉은 똥이 천지여서, 냄새가 지독했어요. 그런데 이번에는 빙판은 사라지고 있는 건 돌멩이산. 그래서 왠지 냄새도 나지 않았어요. 신기하게 생각하며 펭귄을 바라보고 있으니 계속 바다 속으로 들락날락하고 있었죠. 역시 물이 그리웠을까? 라고 생각하면서 보고 있었어요. 어쩌면 바다 속으로 들어가니까 몸이 깨끗하게 되어 냄새가 나지 않는 건지도 모릅니다. 혹은 바다에서 똥을 눠버리는지도 모르죠.

이전에 보았을 땐, 얼음 위에 배를 깔고 기분 좋은 듯이, 쓱 하고 미끄럼을 탔습니다. 역시 물이나 얼음을 좋아하는 것 같네요. 그렇게 생각하니, 돌멩이산 위에서 아직 털이 자라지 않은 아기펭귄이 부모로부터 먹이를 받아먹고 있는 것이 조금 안쓰러운 생각이 들었습니다.

펭귄을 만난 것은 기뻤지만, 남극의 얼음이 어디나 줄어드는 것 같아 아쉬웠습니다.

자유로운 여행이 최고!

일이 끊긴 2014년엔 처음으로 크루즈 여행에 일을 가져가지 않았습니다. 2015년의 여행도 일절 없었어요. 한가로이 배 여행을 즐기게 되었습니다.

그 이전에는, 여행이라고 해도 선내에서는 거의가 일. 항상 아침 식사 후에 세 시간 정도 일을 하고, 점심을 먹고 나서 수영장에서 수영을 하거나, 체조를 하며 약간의 휴식을 취했죠. 그 뒤에 저녁을 먹는 7시가 넘도록 책상에 앉아있었죠.

배 안에서 일하는 대신, 이라고 하면 좀 그렇지만 기항지에선 마음껏 기를 펴고 지냈습니다. 크루즈는 항구마다 탑승객 모두 버스를 타고 관광하는 선택여행이 준비되어 있습니다. 하지만 나는 좀 사치를 부려 가이드와 운전사를 부탁하고, 승합차를 전세합니다.

버스를 타는 것보다 자유롭게 관광할 수 있고, 주위 사람들 눈치를 보지 않아도 됩니다.

전에 뉴질랜드에서 이즈미 핀코 씨와 동굴 반딧불을 보러 선택여행에 참가했는데, 우리의 목소리가 컸는지, 주의를 받은 적이 있었습니다. 그 이후엔 오직 관광은 전세한 승합차로 돌아다니기로 했습니다.

선택여행에서는 자신이 흥미 없는 장소에도 가야 하고, 투어 참가자 전원의 행동에 맞추지 않으면 안 됩니다. 때에 따라선 기다리기도 해야 하죠.

젊은 시절에는 가난한 여행도 나름 재미있었지만, 나이가 들면 시간을 돈으로도 바꿀 수가 없습니다. 욕심이라고 생각하지만, 자유롭게 좋아하는 장소에 갈 수 있고, 다소 마음대로 할 수 있는 이런 스타일이 현재로서는 최고!

유람비행도 좋아하는 투어 중 하나입니다. 하늘에서 보는 세상은 각별해서 헬기에는 반드시 타려고 합니다. 10여 년 전에 갔던 러시아의 캄차카반도에서의 하늘 여행도 멋졌습니다. 눈 아래에 펼쳐지는 푸른 대지와 광활한 초원, 피부가 드러난 거친 산야에 연기를 내뿜는 활화산, 에메랄드그린의 물을 담은 칼데라호수, 마치 새가 된 기분으로 바라보는 웅대한 자연에 말을 잃었습니다.

그러나 이번엔 기항지 관광에서 깜짝 놀랄만한 사건이 일어났습니다. 그것은 브라질의 상파울루의 산투스에서였어요. 항상 승합차를 전세할 때는 운전기사와 가이드가 함께 오는데 이때는 가이드가 오지 않았습니다. 일본어로 말할 수 있는 운전기사이니 괜찮다는 얘기를 들었지만, 아무래도 먼 거리에서 온 듯, 지리도 잘 모르고, "난 산투스에 온 것이 처음입니다."라며 어이없게 말합니다.

산투스에선 커피 거래소에 갈 예정이었지만, 손에 든 지도와 주위를 비교하면서 승합차 기사 아저씨가 아무래도 위태롭다고 생각하는 순간, 느닷없이 꽝하고 충격이 왔습니다. 정신을 차려보니, 충돌사고가 난 것이었죠.

뒷좌석에 있던 나는 아무렇지 않았는데, 옆에 있던 동료 타케이 요리코 씨는 순간 정신을 잃었고, 앞자리에 있던 분은 목이 앞뒤로 흔들려버렸어요.

여행에선 뜻밖의 일도 생기지만, 교통사고는 이번이 처음이었어요.

사람에게 언제 무슨 일이 일어날지 모릅니다. 하루하루를 소중하게 살아야겠다고, 두고두고 생각하게 해준 사건이었습니다.

그리고 안락사를 부탁합니다

지금까지 여기저기 여행을 다녔지만, 아흔한 살이 되니, 이 세상에서의 여행도 끝나는 것이 그리 멀지 않다고 각오 하고 있습니다.

그동안 나를 걱정한 가정부들로부터 "AED를 집에 둡시다."라는 얘기를 들었습니다. AED는 갑자기 심장마비가 일어났을 때에, 전기를 흘려서 심장의 움직임을 정상으로 돌려보내기 위한 의료기기. 10년 정도 전부터 학교나 역에도 두고 있는 것 같으니까, 본적이 있는 분도 계실지도 모릅니다. 이것을 지자체가 빌려준다고 합니다. 사용법 강의를 들으러 가서 빌리자고 제안했다고 합니다. 걱정해주는 것이 기쁘고, 가정부들의 호의를 헛되게 하는 건 아니지만, 심장이 정지하면 그때는 그때. 오히려 통증도 없이 죽을 수 있다면, 그대로 죽게 해주기를 바랍니다. 왜냐면 이 세상에 미련이 더 이상 없거든요.

AED보다 오히려 궁금한 것은 안락사입니다. 안락사는 스위스를 비롯하여 네덜란드, 벨기에, 룩셈부르크, 미국의 여섯 개주(멕시코, 캘리포니아, 워싱턴, 오리건, 몬테나, 버몬트)에서 합법화되어 있습니다. 그 중에서도 유일하게 외국인의 안락사를 받아들이는 곳은 스위스의 '디그니타스'*라고 하는 단체 뿐. '디그니타스'는 의료 기록을 분석한 뒤, 살아가는 것이 어렵다고 판단될 경우에 한해서만, 약을 처방해서 안락사를 도와준다고 합니다.

스위스의 취리히에 있는 법의학연구소에 따르면, 안락사를 목적으로 스위스를 방문한 '자살 여행자'의 수는 2008~2012년의 5년간, 611명에 이른다고 합니다. '디그니타스'에서 안락사 제공을 받는 데에는 등록비와 제반비용을 포함하여 70만 엔 정도 드는 것 같습니다.

텔레비전에서도 척수종양을 앓는 영국인 남성이 '디그니타스'에서 안락사 할 때까지의 과정을 추적한 프로그램을 방송하고 있습니다. 살아있기엔 너무 가혹한 상태에서, 본인이 원한다면, 일본에서도 안락사라는 선택사항이 있어도 좋다고 생각합니다. 『주간문춘』이 2014년에 한 안락사, 존엄사에 대한 설문조사에서도 안락사,

---

* Dignitas. 의사가 작성한 진료 기록을 스위스 법원이 허가한 경우, 대상자에게 조력자살을 제공하는 스위스의 단체.

존엄사의 찬성파가 68.8%, 반대는 불과 10.2%였다고 합니다. 안락사 하겠다는 사람은 매우 많고, 힘들어도 살아있겠다는 사람은 소수파.

나는 이미 일본존엄사협회에 가입했습니다. 연명치료를 거부할 수 있지요. 하지만 일본에선 이런 연명조치를 하지 않습니다. 단지 '소극적 안락사'는 허용돼도 치사 약을 투여하는 '적극적 안락사'는 인정되지 않습니다. 그래서 일본에서 어렵다면, 적어도 법으로 인정받고 있는 스위스에 가서, "내일 죽게 해주세요."라고 안락사를 부탁하고 싶습니다. 그런 식으로 죽고 싶은 겁니다.

안락사에 관해서는 각국에서도 논의가 시작되고 있지만, 나는 연명조치를 하면서까지 살아있고 싶지는 않습니다. 앞으로 고령자가 늘어가는 일본에서, 연명조치를 받는 사람이 계속 나오면 어떻게 될까요? 병원침대는 만원. 집에서 간호한다고 해도 힘든 것은 상상하기 어렵지 않죠. 어느 쪽이든 간호의 손길이 필요하게 됩니다.

나에게 무슨 일이 있을 때는, 돈을 주고 다른 사람에게 신세를 지며 최후를 맞이하려고 하는 데, 벌써 간호 인력이 부족하다고 하니, 돈이 있어도 사람을 구하지 못할지도 모르겠네요.

행복의 가치는 사람마다 다르다

나는 기댈 가족이 있는 것도 아니고, 의지하려는 생각도 없어서, 계속 일을 하며 내 마지막은 내가 끝낼 수 있게 다가올 날을 대비해 왔습니다. 하지만 나이 들고 경제적으로 어려운 사람들이 이제부터 점점 늘어날지도 모릅니다.

젊은 시절의 가난이라면 몰라도 나이가 들어서의 가난은 가혹하다고 생각합니다. 물론 가난의 정도에 따라서도 달라지겠죠. 밥도 못 먹을 정도로 가난한 경우엔 정부나, 주변에서 도움을 주지 않으면 안 되겠지만, 과연 저축이 있으면 행복할까요?

나는 이렇게 생각해요. 가난하거나, 가난하지 않거나, 불행과 행복이란 것은 자신이 어떻게 생각하는가에 달렸습니다. 어떤 사람이 보기에는, 하시다 스가코 같이 불행한 여자는 없다고 생각할 수도 있으니까요. 언제나 외톨이에다 기댈 사람 하나 없다, 라고 할지도 모르지요.

하지만 정작 나 자신은 쓸데없는 참견, 혼자인 편이 마음이 편하다고 생각하고 있습니다. 나는 나대로, 가족이 많은 사람은 뭔가 힘들겠구나, 하고 생각합니다. 한편으론 가족이 있기 때문에 행복하다고 생각하는 사람도 세상에는 있습니다.

돈도 그렇습니다. 사용법이나 가치관에 따라 다르죠. 돈이 없어도 매일 세 끼 식사를 할 수 있으면, 이것보다 좋은 건 없다고 생각하는 사람도 있겠지만, 친구를 많이 끌고 다니며 실컷 먹고 매일 밤마다 술 마시러 돌아다니지 않으면 직성이 풀리지 않는다는 사람도 있습니다. 행복을 느끼는 방법은 사람마다 각각이라서 하나의 잣대로 재는 건 어차피 무의미한 이야기입니다.

예전에 기르던 고양이는 몸을 만지면 좋아했지만, 지금 키우는 고양이는 손을 대면 달아나버립니다. 고양이라도 개성이 있는데, 사람의 행복과 가치관이 다른 것은 당연한 일입니다. 자신이 바라는 행복이 무엇인지 깨닫지 못하면, 불행하다는 생각이 듭니다.

어릴 때 학교 선생님에게 사랑을 받은 기억이 한 번도 없습니다. 어렸을 때부터 주위의 어른들이 귀여워해주지 않았기 때문에 '나는 나'라고 어느 새 생각하게 되었습니다. 그래서 사람들에게 어떻게 생각되어지든, 전혀 상관하지 않습니다. 괜찮습니다. 돌봐줄 가족도 없고, 불행한 여자라고 여겨져도, 자신만 납득하고 있으면, 사람들이 좋게 생각해준다고 해서 득이 될 것도 없고, 나쁘게 생각되어진다 해도, 이 나이에 손해 볼 것도 없습니다. 게다가 사람들에게 좋게 보이려 살아가는 것은 재미없습니다. 도대체 누구의 인생인 거지? 라고 생각됩니다.

자신이 먹고 살 정도의 저축이 있고, 나이를 먹으면 어떻게 살 것인가 하는 각오만 되어있으면 충분하다고 생각합니다.

이렇게 자유롭고 멋대로 사는 것도, 부모가 일찍 돌아가셨기 때문입니다.

나처럼 혼자일 경우, 노부모를 돌보려면 좋은 일만 있는 게 아닙니다. 저축은커녕 일도 계속 할 수 없었을지 모릅니다. 사실, '노노(老老) 간병'이나 '간호 피로'가 도화선이 된 사건을 뉴스에서 보면, 어떻게 해도 견딜 수 없는 기분이 듭니다. 고령사회가 점점 진행되면, 부모 자식이 함께 쓰러지는 사례는 한층 더 늘어날지도 모르겠네요. 간호하는 사람의 부담이 더 커지겠지요. 그런 견딜 수 없는 사건이 일어나지 않기 위해서도, 안락사 제도를 포함한 생사에 관한 법률을 지금부터 진지하게 생각하지 않으면 안 된다고 생각합니다.

어떻게 하면 남의 신세를 지지 않고 죽을 것인가? 그리고 '이 아이를 남겨도 괜찮을까?'라는 걱정 없이 죽을 것인가? 이상적인 최후를 어떻게 맞을 수 있는지는 실로 인생의 마지막에서의 최대의 걸림돌인지도 모르겠습니다.

전쟁과 평화, 좋은 시대를 살아왔다

되풀이 하는 것 같지만, 나는 아무것도 남기고 싶지 않습니다. 죽은 후에 무언가를 남겨도 아무의미가 없어요. 그래서 요즘은 여행을 가더라도 예전만큼 사진을 찍지 않게 되었어요. 어차피, 내가 죽으면 버려지고 말겠죠. 그러니까 찍지 않는 게 좋겠어요. 이 세상에서 완전히 사라져버리는 게, 후련해서 가장 좋습니다.

인터뷰나 설문조사에서 '다음에 태어나면 무엇을 하고 싶습니까?'라고 물을 때도 있지만, 애초에 다시 태어나고 싶지 않습니다. 지진 걱정이나, 언제 중한 병에 걸릴지도 모른다는 걱정을 하면서 살아가는 것은 힘든 일입니다.

난 이미 충분히 살았어요. 그것도 살고 싶은 시대에서. 전쟁을 경험한 것으로, 필요 이상의 욕심도 없었고, 단련해서 얻은 인생관에 감사하고 있습니다. 그 후의 평화로운 시대도 경험할 수 있었습니다.

만약 태평양전쟁에서 패전하지 않았다면 어떻게 됐을까, 라고 생각할 때가 있습니다. 군국주의 대일본제국이 지금도 존재할지도 모릅니다. 그랬다면 우리들은 더 비참해지지 않았을까요? 평민은 화족에게 굽실거리지 않으면 안 되었겠죠. 계급이 폐지되었기 때문에 지금의 사회가 있는 것입니다. 정말 다행이라고 생각합니다.

게다가 전시처럼 군대가 잘난체하는 것이 당연한 상황도 없어졌습니다. 얼마 전의 나처럼 천왕 앞에서 노래라도 부른다면, 틀림없이 괘씸죄로 추궁 받을 겁니다. 그 이전에는 서민들이 천왕을 만나는 것은 어려웠었죠. 그런데 이젠 천왕 곁에 다가갈 수도 있는 시대가 된 겁니다. 과거의 시대를 생각하니, 새삼스럽게 소중하고 귀중한 때를 살고 있는 것이다, 라는 생각이 들었습니다.

내가 죽어도 남는 것은…

자, 이제 본격적으로, 완전 새것인 『종활 노트』에 글자를 채우지 않으면 안 됩니다. 종활을 시작하고 내 주위의 짐들은 정리했고, 죽은 후에 처분할 것도 부탁해두었죠.

먼저 쓴 것처럼 사실은 아무것도 남기지 않고, 깨끗하게 죽고 싶습니다. 그게 나의 지금까지의 '없도록 애쓰다'의 인생에 딱 맞는다고 생각하니까요.

단지, 그렇게 모든 것이 내 생각대로 되는 것은 아니어서, 꼭 남겨야 하는 것이 있었죠. 그것이 하시다문화재단과 여기 아타미의 집.

집은 이미 지은 지 50년은 지나서 여기저기 상태가 좋지 않았어요. 집주인이 아흔이 넘었건만, 얼마 전 대폭적인 수리를 했어요. 오히려 새집을 사버리는 것이 이득이 아닐까, 라고 생각할 정도로.

그래도 놓을 수가 없었습니다. 이 집을 하시다 스가코 기념관으로 쓰겠다고, 하시다문화재단의 직원으로부터 듣게 되었으니까요. 청춘을 바친 텔레비전 업계에 도움을 주고 싶다는 남편의 소원이 담긴, 하시다문화재단과 남편의 숨결이 남은 이 아타미의 집….

결국 내가 죽은 후에도 남을 예정인 이 두 가지는 모두 남편의 의미가 깃든 것입니다. 나는 내일 죽어도 후회는 없습니다. 인생, 할 수 있는 한, 할 일은 다 해왔습니다.

매일 아침 가정부가 와주니까, 만일 밤중에 덜컥 죽어도, 이튿날 아침에는 발견해줄 거라고 생각하고 있고, 병에 걸렸으면, 그 뒤의 일은 이미 부탁해놨습니다.

종활(終活)을 시작하면, 자연히 지금까지의 인생을 돌아보지 않을 수 없습니다.

1년짜리 연속극을 세 편, 반년짜리 한 편, 그리고 대하드라마도 세 편, 민영방송에서도 몇 편의 연속극을 쓰게 해주셨고, 「여자들의 추신구라」, 「겐지 이야기」 같은 작품처럼 내가 동경하는 주제를 드라마로 써 왔습니다.

전쟁과 평화라는 주제에서는 브라질 이민을 그린 「하루와 나츠」, 미국 이민을 다룬 「99년의 사랑」 외에 '도시바 일요극장'으로 많은 단막극도 쓸 수 있었죠. 텔레비전의 가장 좋은 시대를 살아올 수 있어서, 정말 행복한 작가인생이라고 생각하고 있습니다.

저것도 했으면 좋았을 걸, 이것도 해두었으면 좋았겠다는 것이 전혀 없습니다. 특히 일에 대한 후회는 일절 없습니다. 충분히, 실력 이상으로 일을 얻었으니까요.

그러고 보니, 정말 남은 건 없습니다. 이제 깨끗이 후련하게, '발자국을 남기지 않고' 떠날 수 있을까요?

인생 마지막 여행도 항해를 떠나는 것처럼 즐겁게 떠나고 싶습니다.

에필로그

오른쪽도 왼쪽도 모른 채, 서른다섯 살부터 텔레비전의 세계에 들어온 지, 벌써 56년.

고맙게도 내 실력 이상으로 일을 했습니다. 만약 앞으로의 인생에서 일을 더 할 수 있다 해도 마찬가지겠죠.

몸에 깊이 밴 것은 아흔한 살이 되어도 빠져나가지 않는 것 같아, 문득 정신을 차려보면, 아직도 쓰고 싶은 드라마 구상을 하고 있곤 합니다. 편지 등은 못써도, 극본만큼은 다릅니다. 신기하게 쓰고, 또 쓰고 싶네요.

곤란한 건, 내 머릿속에 있는 이야기의 역할을 했으면 하는 배우가 생각나지 않는 거예요. 가령 지금 생각하고 있는 드라마는 황혼 부부의 여행지에서의 이야기. 요즘시대엔, 자극적인 요소가 없는 이런 드라마는 유행하지 않을 거라고 생각하고 있지만, 쓰고 싶습니다. '케케묵은', '요즘엔 유행하지 않아'라고 듣는 것도 이젠 익숙해졌죠. 지금 시작된 것이 아닌, 50년 전부터 들어왔으니까요.

나라는 한 사람이 살아오는 동안, 시대는 완전히 달라졌습니다. 편리한 것도 많이 나왔고, 생활 스타일도 놀랄 만큼 달라졌습니다. 그것을 세상에서는 진보라고 부르는지도 모릅니다.

그러나 느끼고 있죠. 부부, 가족, 사람과 사람의 만남…, 그런 것은 기본적으로 변하지 않는 것이라고. 번민하거나, 잃거나, 싸우거나, 그런 후에 정이 더 깊어지거나 하는…, 그런 것이 시대에 뒤떨어지는 일이 있을까요? 그야말로, 인류가 탄생한 이래, 쭉~ 변하지 않는 그런 이야기를 나는 써 왔습니다.

황혼부부 두 사람의 항해…. 연기를 맡아주실 배우님이 어서 와주시면 좋을 텐데 말이에요.

2016년 7월 하시다 스가코